ダッシュエックス文庫

JN178283

死なないために努力していたら、
知らないうちに神でした

真実川 篝

1 目が覚めたら、赤ん坊だった……………

ヤバッ！　ほんとに死んじゃうかも。
救急車が到着するまでワタシの心臓は持ちそうにないわぁ。
人の最後なんてあっけないものね。
かぁ～、それにしても苦しい！
こんなんじゃ、楽しく空想もできないじゃないのよ。
いや、ワタシのは空想というより妄想《もうそう》か。
妄想は、身体《からだ》の弱いワタシにとって、唯一の楽しみだったのにね。
だから頑張って妄想する。
ワタシは生まれ変わるのよ。
そして丈夫な身体を手に入れよう。
どうせなら魔法が使える世界がいい。
そしてワタシは最強の魔女になるの。ふふふ、ゲームのやり過ぎだ。

小さいころから習い覚えていた格闘技があるから、魔女拳士ね。
慈留《じる》という名を持っていくの。
ワタシはこの名前が気に入っているのだから。
慈愛《じあい》の慈と、留めるでジルと読む。
あはは、やっぱり妄想はいい。ちょっとだけ楽しくなった。
駆け込んできた救急隊員が呼びかけてくれてるけど、声が遠い。
走馬灯《そうまとう》のように浮かぶなんて嘘ね。そんなもの見えやしないわよ。
あっ、でもこれって妄想の勝利？
うん、それでいい。
丈夫な身体に生まれ変われるなら、もうどこだっていいや。

【その望み、叶えよう】

うわぁ〜、とうとう幻聴まで聞こえ始めた。
でも、なんだろう、とっても懐かしい感じのする声だったな。
なんだか、眠くなってきた。
次に目が覚めたときには、おもしろいことが待ってますように……。

うーん、良く寝た～！　久々だわぁ、こんな気持ちのいい目覚め。
でもなんだろう、この違和感バリバリな感じ。
はっ、ん？　え～～～っ！　ワタシ赤ちゃんになってるよー！
ワタシの妄想力も、とうとうここまで来たかぁ。
「あらあら、おっきちてたの？　ママでちゅよー！」
いとも簡単に抱き上げられて顔がドアップになった。
この人がワタシの母さま？　普通に言葉は理解できるのね。
物凄《ものすご》く綺麗《きれい》な人～。黒髪にグレーの瞳、とても神秘的なんだけど、かなりお茶目だわ。
オッパイが美味《おい》しい。
お腹が空《す》いていたから、むしゃぶりついて、心行くまで吸いまくる。
おなかがいっぱいになると、背中をトントンされた。
「ゲフゥ～～！」
盛大なゲップが出た。
３日も経てば、さすがにこれが妄想じゃないってのはわかるわよ。
でも、いったいここはどこなんでしょうねぇ？

暇だから妄想しまくっていると、突然メニューが開いた。

姓名：ジル・ハイランダー　種族：神魔族　性別：女　年齢：０歳　レベル：０　状態：良好
職業：なし　加護：転生神　ギフト：解析　魔眼　完全言語　完全識字　思念話　偽装
称号：なし　固有能力：妄想　最適化　並列思考　森羅万象《しんらばんしょう》　魔導錬成　状態異常無効　再生
生命力10　魔力80　攻撃力２　防御力１　敏捷《びんしょう》１　知力２４８　器用98　運12
スキル：闇魔法ＬＶ０　光魔法ＬＶ０

おぉーっ、魔法だ！　魔法があるよー！
案外に面白そうな世界のようね。でもヨワッ！
転生神の加護？　ああ、あの声って転生神の声だったのか。
名前がジルってなっているから、転生神はワタシの望みを叶えてくれたってことよね。
ぶははっ、妄想が能力って、面白すぎる！
転生神もなかなか粋《いき》なことしてくれるじゃないのさ。
種族が神魔族かぁ。どうやら普通の世界ではなさそうだわ。

３か月が経った。

母さまがいっぱい話しかけてくれるんだけど、ア～ウ～しか言えないのよねぇ。

気楽だったのは最初のうちだけで、会話できないのがこんなにつらいとは思わなかったわよ。

まあ、赤ん坊だからしかたないわけで、持て余した時間で色々調べている。

魔眼が育ってきたからなのか、気合を入れると色々なものが視《み》えてくる。

母さまの輪郭《りんかく》を縁取っていたモヤモヤは、解析すると闇属性のオーラだった。

解析も、魔眼と組み合わせることで何とか使えるといったところかな。

闇属性のオーラはワタシにもあるの。未熟だけど。

そして、魔素というものがあるのを知った。

母さまが、オーラを介して何かを吸い込んでいるように視えたので、解析したら魔素だったというわけ。

魔素を身体に取り込んで同化させることで、魔力を生み出したり、身体を強化したりするらしいのもわかった。

最初は気が付かなかったんだけど、2種類の魔素が混じり合っているように視えるの。

小粒で密度が濃い方を神素、量は多いけど軽くて大きい方を黒魔素と呼ぶことにした。

面白いことに、神素と黒魔素がワタシの妄想に反応する。

観察しまくったけど、どう考えても神素の方が上質なのよね。

暇だったから、神素と黒魔素を分離することにチャレンジしてみた。

すぐできるかと思ってナメてたら、これがなかなか手強《てごわ》いんだわ。

悪戦苦闘を続けていたら、突然頭の中に不思議な声が響き渡った。

《魔力感知を習得しました》

《魔力操作を習得しました》

メニューの習得アナウンスだったのね。妄想からくる幻聴かと思ったわよ。

へぇ、スキルってこんな感じで覚えるんだね。ちょっとビックリだけど、なにげに嬉しい。

スキルって凄いなぁ、あれほど苦労してた作業がいきなり楽になったもん。

それからが大変だったけど、とうとうワタシは魔素に勝った。

やったー！　神素と黒魔素を完璧《かんぺき》に分離してやったわ！

《魔素錬成を習得しました》

スッゲー、地味スキルかと思ったら、魔素を自在に操れるようになっちゃったわよ。

ここまでできたんだし、どうせ身体に取り込むなら神素だけの方がいいに決まってるよね。

ワタシの勘はドンドンやれと言っている。

魔素錬成があるから、これは楽ちん。

神素だけを身体に同化させたら、それまでわずかずつしか上がらなかったステータスがグイグイ上がり始めた。

へっへっへ、どうやらワタシは賭《か》けに勝ったみたいだわ。

黒魔素はそのまま捨ててるんだけど、分離した黒魔法にはちょっと変わった性質があった。神素と切り離して大気に戻すと、急激に膨張《ぼうちょう》して収縮しながら消滅するのよね。そのせいか、ワタシの周りにはいつも微風が吹いていた。

母さまは気が付いてると思うんだけど、あまり気にしていないみたい。


母さまがワタシを抱いて見せびらかしに行くものだから、色々な所に行ける。

おかげで、テルスと呼ばれるこの世界のことが少しずつわかってきた。

ここはハイランドの里といって、エルダラス王国の東端にある辺境地方らしい。

眼の色や肌の色は様々だけど、黒髪の人が多いのよね。

よくある田舎町《いなかまち》かと思ったらそうじゃなかった。

広大な魔の森の魔物を封じるためにつくられた街なので、地形的に魔物が集まってくる。

この建物も棟梁《とうりょう》の館と呼ばれているけど、どう見ても武骨な砦《とりで》だもんね。

館の前に訓練場を兼ねた広場があって、館の並びには4つの砦が隣接していた。

館と4つの砦で魔物の進入を阻《はば》むというわけだ。

早鐘が鳴ると、母さまがすっ飛んでいって襲来する魔物を斃《たお》しに行く。

魔の森の魔物は強力だけど、高級素材になるからハイランドの里は意外と裕福らしい。

母さまが元々は見張り台だったバルコニーからよく魔の森を見せてくれる。

見渡す限りの大森林は雄大で、考えていたよりずっといいところだと思ったわ。
あ～、暇だぁ～。妄想も種が尽きて飽《あ》きてきたよ～。
ん？　窓のところになんかいる。
うわっ、なによコイツ。メッチャ怖いんだけど！
小っちゃいけど、モロ骸骨《がいこつ》なんだもん。しかも目玉だけがあるって不気味すぎでしょ。
なんかボロボロのローブみたいなの着てるし、大鎌持ってたら死神ってとこね。
ちょっとぉ、こっちに飛んでこないでよぉ。
「あ～う～う～！」（あっちに行け！）
なっ、なに？　ワタシの顔を覗《のぞ》き込んできたんですけど～！
でもこんなときって、目を逸《そ》らした方が負けなのよね。
ダメ元で解析しちゃえ～、えい！　あっ、やっぱり駄目だったかぁ。
「なんちゅう眼力じゃ、眼が光りおった。ワシが視えておるのじゃろうか」
あはは、骸骨がしゃべったよ。もしかして会話できるかも。
話し相手になってくれるなら、この際、骸骨でもいいや。
「あ～う～あ～」（視えてるよ～）
「ワシの言葉に反応しておるのか？」

「おお〜」〈そうよ〉

「おぉー、そうなのじゃな？」

「ああう、おおあ〜ううあ〜〜！」〈だからそうだっていってんじゃん！〉

あれ、骸骨が考え込んだよ。

〈赤子よ、ワシの声が聞こえるじゃろか〉

へぇ、これって思念話？　これならワタシにもできる。

〈聞こえるよ〉

〈ほう、思念話が使えるのか。しかもちゃんと話せるのじゃな〉

〈うん、使うのは初めてだけどね〉

〈ふむ。やはり特別な赤子であったか〉

〈特別って何が？〉

〈お主自身のことじゃよ。ワシはお主の気配をたどって遥々《はるばる》やってきたのじゃ〉

〈でもワタシ、赤ん坊だよ？〉

〈そうじゃな。不思議なことに、お主がこの世に生を享《う》けたと同時に気が付いたのじゃ。

ここまでやってくるのにこれだけの時間がかかってしまったのじゃよ〉

〈それは良いんだけど、骸骨さんはいったいなんなの？〉

〈骸骨と言われると、ワシ傷つくのじゃ。ワシは闇精霊じゃよ〉

〈精霊っているんだぁ。ワタシはこの世界のことをあまり知らないのよ。

それで、精霊さんはなにしに来たの？〉

〈ふむ。ズバリ言うが、ワシと契約せぬか？〉

〈げっ、契約？　いきなり言われても困るんだけどぉ〉

〈そうじゃろな。ワシこんな見た目じゃし、信用されないのも仕方ないのじゃ。

じゃがな、普通は闇魔法を極めないと闇精霊とは契約できぬのじゃぞ。

ワシは数え切れぬほどの者たちをフッてきた。これはという者がおらんかったからじゃ。

そのワシが、自ら契約してくれと頼んでおるのじゃ〉

〈外見が不気味なのは自覚してるんだね。でも、悪い奴じゃなさそう。ちょっと聞くけど、契約したらいいことあるの？〉

〈もちろんじゃとも。祝福を授けるのじゃ〉

〈祝福されると、どうなるわけ？〉

〈そうじゃな、個人差はあるのじゃが、魔法との親和性がガッツリ上がるのじゃ。

祝福のギフトで、高位の魔法を教えてやることもできるのじゃ〉

〈それはいいわね。精霊さんのメリットは？〉

〈主となったお主の気をわけてもらうのじゃ。

そして主と共にワシも強くなることができるというわけじゃ〉

〈ふ～ん、悪くないわね〉

〈そうじゃろ、そうじゃろう？〉

こういうのは直感で決めないとダメよね。悩んでるうちにどっか行っちゃいそうだし。

〈わかったわ。契約してもいいよ〉

〈おう、そうこなくてはな。ではまず、ワシに名を付けてほしいのじゃ。

気の利《き》いたのを頼むのじゃ！　名前は格を表すものなのじゃからな！〉

なにやらワクワク感のこもった視線が痛いわね。

安易な名前を付けてへそを曲げられても困るしなぁ。こういう時は神シリーズが無難ね。

〈エレボスというのはどう？〉

〈エレボスとな。由来はなんじゃ？〉

〈遠い世界の神の名よ。しかも暗黒の神なの。ピッタリでしょ？〉

〈ほう、暗黒神の名か。響きもいいし、力強さも感じるのじゃ。お主なかなかやるではないか。

よしっ、ワシの名はエレボスじゃ！〉

〈喜んでもらえてワタシも嬉しいよ。自己紹介が遅れたけど、ワタシの名はジルよ〉

〈うむ、わかった。ではジル殿、血を1滴わしの額に垂らすのじゃ〉

〈えっ、ちょっと待って。なんで血が必要なの？〉

〈なにを今さら言っておるのじゃ！　契約と言ったら血じゃろう？　早くするのじゃ！〉

う～ん。外見が不気味すぎて、全部が怪しく聞こえるんだよなぁ。

でもしょうがないか、契約するって言っちゃったしね。

〈仕方ないわねぇ。でもワタシ、歯がないから指を噛《か》み切れないよ〉

〈ならば、ワシが噛み切るのじゃ〉

〈うえ～、なんか怖いよぉ〉

〈大丈夫じゃ、信用せい！〉

ワタシは左手の人差し指を差し出して、エレボスに噛んでもらった。

再生で傷口が塞《ふさ》がる前に、指をエレボスの額に押し付ける。

血がエレボスに吸収されて、跡形もなく消えたのはちょっと不思議だった。

エレボスの気配が濃くなって、なにかが濁流《だくりゅう》のように押し寄せてくる。

代わりになにかが持っていかれた感じがして、大事なものを交換したような不思議な感覚を味わった。

「うんぉ～！　力が漲《みなぎ》るのじゃ～！　なんというの力なのじゃ～！

素晴らしい！　素晴らしいぞ～！　我が主ジルよ！　感謝するのじゃ～！」

なんか大騒ぎしているけど、悪者がヤバい力を手に入れて悦《えつ》に入《い》っているようにしか見えないんだけどな。声に出ちゃってるし。

〈エレボス、気というのはオーラのことでいいのかな〉

〈ここではオーラと呼ぶのじゃな。主のオーラは超極上《ちょうごくじょう》なのじゃ。
ワシ、もう離れられぬかも知れんのじゃぁ！〉
〈でも、母さまに見つかるから普段は隠れててよね〉
〈えっ？　なぜそんな切ないことを言うのじゃ？　ワシ強い！　ワシ頑張るし！
そばに置いて欲しいのじゃ！　必要な時にだけ呼ばれるのは嫌なのじゃ！
寂しいのじゃ！　お願いじゃー！〉
精霊ってこんななんだ。もっと気難しいかと思ってたけど、ちょっと可愛《かわい》いかも。
〈しょうがないなぁ、じゃあそばにいてもいいよ〉
〈ありがとうなのじゃ！　血を頂いてわかったのじゃが、主はやっぱり特別なのじゃ。
ワシの感覚に狂いはなかったのじゃ。待ってて良かったのじゃー！〉
〈待ってたって、いったいどういうこと？〉
〈ワシは永く生きすぎたのじゃ。
ワシが生きるのに倦《う》んでおった頃に、アッテンボローがワシに言ったのじゃ。
いつか必ずワシにふさわしい主が現れるとな。
ワシはそれを信じて待ったのじゃ。この身が芯だけになるほどにな。
そしてとうとう、主と出会えたのじゃ〉
〈ねえ、そのアッテンボローって誰？　ワタシが生まれることを予言したってこと？〉

〈主は、アッテンボローを知らぬのじゃな。人間たちから創造神と呼ばれている神のことじゃよ〉

〈創造神？　転生神じゃなくて？〉

〈そこら辺の事情はよくわからぬのじゃが、そうかも知れぬ〉

〈おっと、母さまが帰ってきた。エレボス、大丈夫よね？〉

〈大丈夫じゃろう。話せばわかるはずじゃ〉

「ジル、ただいま。って、あれ？　ちょっとあなた、どこの野良《の ら》精霊？」

「野良とは失礼じゃな。ワシはエレボスじゃ、我が主の母殿よ」

「我が主って、もしかしてジルのこと？」

「そうじゃ、たった今からじゃがな」

「そんなことあり得ないわ！　私だって精霊と契約してないってのに。でたらめなこと言ってると叩きだすよ！」

うわあ、思いっきり疑ってるよ。見た目が怪しいからしかたないけど。大丈夫かなぁ。

あっ、魔法を使いそう。母さまの右手に魔力が集まってきた。

よし、解析してやれ！　トリャ～！

おお～、何かと思ったら右手にホウキが出現したよ。

《時空魔法ＬＶ１　空間把握《は あく》を習得しました》

《時空魔法ＬＶ２　収納庫を習得しました》

へぇ～、魔法の発動って、こういう理屈なんだぁ。

エレボス効果なんだろうな、魔法が理解できれば習得できちゃうってことか。

「おい、話を聞くのじゃ母殿！　ワシ本当のことを言っておるのじゃ！」

「お黙りなさい！　ほら、さっさと出ていけ！」

母さまが、ホウキをブンブン振り回してる。

「あっきゃっきゃ、あうあうおお～？」〈だはは、エレボス大丈夫？〉

「主～、笑いごとじゃないのじゃ。ワシ、追い出されたくないのじゃ！

そうじゃ主、何か魔法を使って証明せい！　ワシと契約した主ならできるはずじゃ！

母殿よ、主が魔法を使ったら信じてほしいのじゃ」

「なにわけわからないこと言ってるのよ、ジルに魔法が使えるわけないでしょ！」

「主、頼むのじゃ。母殿がメッチャ強くて、ワシやられそうなのじゃ！」

〈うん、やってみる。なんでもいいから魔法を使って見せればいいのよね？〉

今覚えた収納庫は使えるけど、小っちゃいものを収納して見せても気づかないわよね。

闇魔法は既に持っているんだから使えるはず。こういう時のための妄想よ！

闇魔法に何があるのかはわからないけど、ワタシのイメージだと触手なのよ。

この際だから、手っ取り早く腕を伸ばしてホウキを取り上げちゃえばいいのか。

まずは、オーラを伸ばすイメージね。妄想スタート～！

伸びていく闇のオーラは器用で強靭《きょうじん》な1本の腕。遠く、遠く、伸びていけ。手は感じる感触を。手は伝える感覚を。行けー！　ワタシの闇の手よ！

「あ～あうあ～！」〈ダークハンド！〉

ワタシの手から伸びたオーラが闇属性の魔力で補強されていく。

先端が手の形になり、母さまが持っているホウキをつかんでむしり取った。

バキッ、ボキッ！　あっ、ヤバい、折っちゃった。

母さまがキョトンとしてる。

「えっ、今の魔法はなに？　ジルがやったの？」

「見たか母殿よ。さすが我が主じゃ！　こんな魔法を見たのは数百年ぶりじゃ！」

「じゃあ、貴方《あなた》の言っていることは本当だったの？」

「もちろんじゃ。主は身体《からだ》が未熟じゃから言葉はしゃべれぬが、ちゃんと理解しておるよ」

母さまが勢いよくワタシを抱き上げた。

「あははは！　凄《すご》い、凄い！　ジルは天才なのね！」

あれぇー、天才でかたづけちゃうんだ。この世界の常識って案外大らかなのね。

「ごめん、ごめん、信用するわ。私はジラシャンドラよ」

「エレボスじゃ。主のことは任せるのじゃ」

なんとかなってよかったけど、どっと疲れたわ。

《闇魔法LV10ダークハンドを習得しました》

習得アナウンスが今頃になって聞こえてきたけど、けっこう大技だったみたいね。


夏が来て、1歳になった。

この世界でも1年を12か月で表すから、ワタシが生まれたのは7月だ。

エレボスという話し相手を得たせいか、あっというまに言葉が話せるようになった。

立って歩くこともできるようになったけれど、暇なのは相変わらずなのよね。

エレボスが教えてくれるという高位の魔法は、闇魔法をマスターしないと教えることができないというのを後から聞いて、ちょっとショックだったっけ。

固有能力やギフトは、レベル0だとたいした効力がないみたい。

自然すぎて最初は気が付かなかったんだけれど、ワタシの本体は森羅万象《しんらばんしょう》の中にあるのよ。

転生の時に、膨大《ぼうだい》な情報が未熟な脳にインストールできなかったからなんだと思う。

思考がクリアで、頭がよくなった感じがしていたのはそのためだったのよね。

脳は未熟だけれど、森羅万象と並列化して運動機能に特化してみた。

ワタシの妄想とこの世界の法則は、とても相性がいいようで意外と使い勝手が良い。

神素との同化も超順調で、ステータスも確実に伸びている。


「かあしゃま、おなかがちゅいて、しにちょうでちゅ」

「あらあら、さっき食べたばかりじゃない。しょうがないわねぇ」

ワタシは異常にお腹が空く。もしかしたら母さまと同じくらい食べているかもしれない。

きっと神素と同化しているせいね。

「さあ、ジルちゃん。ちょっとこれ着てみて」

「あーい」

誕生日のプレゼントはワンピースだった。

母さまは何気に器用で、ワタシの服が全部手作りだったりする。

でも、誕生日だというのに、父さまは現れなかった。

母さまも、なぜかワタシを父さまに会わせようとしないのよね。

遠くからチラッとしか見たことはないけれど、母さまと同じ黒髪にグレーの瞳だった。

不気味なエレボスも、慣れてしまえば可愛いのよ。

精霊は眠らないというけど、夜中に見てみたら目玉が裏返っていて超不気味だった。

っていうか、寝てんじゃん。

精霊は普通の人には視《み》えない。母さまのように余程実力があるか、精霊と契約していないと視えないらしい。ワタシは魔眼を持っているので、普通に視えた。

エレボスは長生きしすぎて、古い記憶が曖昧《あいまい》だったりするけど、質問すると色々教えてくれたりする。

「まえからきこうとおもってたんでちゅけど、えればしゅはいくちゅなんでちゅか？」

「ワシか？　主の感覚でいくと2万年は存在していると思うのじゃ」

「にっ、にまんねんでちゅか？　やばいでちゅね。

おおむかちは、どんなちぇかいだったのでちゅか？」

「ワシの生まれたころは、まだ人間はおらんかったのじゃ。

今じゃ見かけんが妖精もおったし、世界樹もあったのじゃ」

「なぜいまは、いないのでちゅ？」

「我らを創ってくれた、麗神《れいしん》がいなくなったからじゃ。

麗神が姿を消すと世界樹が枯れ始め、妖精たちも数を減らしていったのじゃ。

この世界を引き継いだアッテンボローが人間を創ったのは、その後のことじゃよ」

「えればしゅは、よくいきのこれたでちゅね」

「大変だったのじゃ。この世界は少なくとも2度は滅びかけたはずじゃ」

エレボスが2万歳を超えていたのには驚いたけど、この世界の事情も複雑らしい。


2歳になった。

母さまが薄いマントと帽子とサンダルをくれたので、そろそろ外デビューが近いのかな？

身体の方は、かなり自由に動かせるくらいには成長してきた。

暇さえあればストレッチと中国拳法の形を織《お》り交ぜた体操風なことをやっている。

すっ転んでも、再生の効果で傷はすぐに治ってしまうし、身体を動かすのはやっぱり楽しい。

この身体があれば、昔習っていた、格闘技の神髄《しんずい》を心行くまで修業することができる。

ワタシだって、そこそこの遣い手だったのよ。身体が弱くて挫折《ざせつ》したけど。

母さまはワタシが踊っていると思っていて、落ち着きのない子に見えているはずだ。

とにかく早く外に出て、汗をかくほど思いっきり走りたいよ。

「かあしゃま、じる、おしょと、でたいの！」

思いっきり、キュートに言ってみた。

「ア〜ン、もう！　ジルったら可愛い！　じゃあ、そろそろお外に出てみよっか。

私もジルとお外にいきたったのよ〜！　でも私のそばから離れちゃメッよ！」

館から出たのは赤ん坊のころに抱かれて出たっきりだ。ここまで長かったー。

薄暗い通路を通って外に出たときの解放感といったら、もう天国だったわね。

館の門番さんに挨拶《あいさつ》をした後、外に飛び出した途端に走り出した。

ワタシの後を母さまが追いかけてくる。

「ジル～～、待て～～～！　捕まえちゃうぞ～～」

「キャハハハハハ～！」

ワタシのやりたいようにさせてくれて、危ない時だけ手を差し伸べてくれるという、なんとも女神のような母さまだった。

中世時代のような街並みの商店街を駆け抜けても全然疲れない。

自分の汗の匂《にお》いが桃の匂いに似ているのを初めて知って、ちょっと桃が食べたくなった。

「主から良い匂いが香ってくるのじゃ！」

「そうでしゅか？」

「みっしりと濃厚で頭にガツンとくる、なんとも狂おしくて刺激的な匂いなのじゃ！」

「えれぼしゅ、きもいでしゅ！」

「なんじゃ、褒《ほ》めたのに」

「ほめかたが、いやらしいでしゅよ」

最近、エレボスの言葉のボキャブラリーがワタシに似てきたのは気のせい？

おもしろいからいいけど、たまにドキッとするのよね。

それにしても母さまは綺麗《きれい》だよなぁ。

外見が女神を超えているかもしれない母さまが通ると、道行く人の動きが一瞬とまる。

その表情から見て取れるのは、尊敬と憧憬《どうけい》、そして畏《おそ》れ。

感情の可視化はできなくても、それくらいはわかる
「ジラシャンドラ様が歩いてらっしゃるわ！　また大物が出たのかしら？」

「ほんと、最近魔物が多くて困るわね。ちょっと聞いた？　靴屋《くつや》の息子、昨日魔物の討伐《とうばつ》任務で亡くなったんだって。結構強いって評判で、騎士までいくかもって言われてたのに残念ねぇ」

「そうは言っても任務だしなぁ。可哀想《かわいそう》だが仕方ないよなぁ」

「俺も大怪我《おおけが》して脱落しなければ、任務に就《つ》いてただろうが生き残れなかっただろうなぁ」

「オレなんか、自警団がやっとだぜ」

「でも最強騎士のジラシャンドラ様がいれば１００人力よね！　訓練生と自警団だけじゃ頼りないもの」

「まあな、いつ見てもあの戦い方は鳥肌もんだからな」

「あら？　ジラシャンドラ様の周りを走り回ってる女の子、例の子じゃないかしら？」

「ってことは棟梁《とうりょう》様との間にできたっていう、あの？」

「たぶんそうよ！　なんて可愛らしい！　天使みたいだわ！」

「まあ、今は可愛いけど、いずれは死の天使ってか？　なんたってあの棟梁様とジラシャンドラ様の子だからなぁ。可愛いのは今のうちだけだろうよ」

「それにしても、ジラシャンドラ様にそっくりの美人さんね！」

どこからともなく噂話《うわさばなし》が聞こえてくる。

まず、母さまは最強の騎士で、父さまは騎士の棟梁らしい。

この世界に鏡がないのか家にないだけなのか、ワタシは自分の姿を見たことがない。

気にはなっていたけど、母さまにそっくりならとりあえずはオッケーね。

できれば母さまみたいなナイスなバディーに成長したいな。

「ジ～ル～！　そっちに行ってはいけませ～ん！」

「あーい！　かあしゃま！」

「ほらぁ！　よそ見したら人にぶつかるでしょ！　ごめんなさいしなきゃ！」

「おいしゃん、めんしゃい！」

「かっ、可愛い！　いいんだよ！　おいしゃんにならいつでもぶちゅかっていいからね！

はい、これあげる！」

屋台のおっちゃんが串焼き肉を持たしてくれる。解析すると魔物の肉だった。

「すまない、トラッシュ。ほらぁジル、ありがとうしなさい！」

「あーっとう！」

トラッシュと呼ばれたおっちゃんがメロメロと崩れ落ちる。

一気に全部食べたら、もう1本くれた。

聞いたこともない魔物の肉は、意外と柔らかくて美味《おい》しい。

その後、ワタシたち親子はメインストリートを練《ね》り歩いたのだ。


毎日散歩に出かけるようになったワタシは商店街の人気者になった。

魔物はほぼ毎日襲ってくる。魔物が来ると鐘が鳴るからわかるのよ。

訓練生と自警団で手に負えない魔物がやってくると、早鐘が鳴る。

2人で外に出ているときに早鐘が鳴れば、母さまはワタシを屋台のおっちゃんや、その辺のお店に預けて、ものすごい勢いですっ飛んでいく。

そして30分も経《た》つと、すっ飛んで帰ってくる。

里の経済は、斃《たお》した魔物の素材を王国に買い取ってもらうことで成り立っていた。

母さまは、ああ見えて最強と言われる騎士の1人で、ハイランドの騎士は国内外で伝説になるほど恐れられている。

他の騎士たちはというと、王国の任務とやらで派遣されっぱなしでここにはいない。

父さまは騎士たちをまとめる棟梁という偉い人らしい。

ワタシってば、もしかしてお嬢様なわけ？　と思っていたらそうじゃなかった。

この里を護る4つの砦《とりで》は、騎士になるための訓練生が詰めている出城《でじろ》のようなものなの。館とこの砦群が魔物に対する防衛線で、魔の森の深淵部には、深淵《しんえん》ノ砦という、独立した要《よう》塞《さい》があった。

訓練を終えた者は深淵ノ砦に入り、実力を認められると騎士に叙勲《じょくん》されるらしい。

本当だったら、ハイランダー姓は騎士にならないと名乗れないのだけど、棟梁の直系であるワタシは最初からこの姓を名乗らなければならない。

最強の血を受け継いだという意味だけど、待っているのは激烈メニューの訓練てわけ。

商店街のおっちゃんや、おばちゃんたちの噂話を総合すると、そんな感じなんだよね。

散歩している時に、いつもの魔物警報が鳴った。

今日はいつもと違ってリズムが早いわね。

鐘をたたくリズムが早ければ早いほど、魔物が強力、もしくは多いということなのよ。

今回は中程度の脅威《きょうい》度らしい。

母さまがワタシを誰かに預けようとしている。

だけどワタシも魔物を間近で見てみたい。

「かあしゃま、かあしゃま！　わたちもいくー！」

叱《しか》られるかとも思ったけれど、その答えは意外なものだったわ。

「よし！　ジルもいずれは魔物と闘わなければならないんだから、私が戦ってるところを見せてあげるわ！　泣かなかったらご褒美《ほうび》あげるから、しっかり見ておくのよ！」

いつものメロメロ母さまではなく、ちょっとカッコいい！

この世界の常識も大概《たいがい》だけど、それだけ死が身近だってことなんだろうね。

「あーい！　わたち、なかない！」

「じゃあしっかりつかまってるのよ」

片手抱きにされたワタシは母さまの首にしっかりと手を回す。

母さまが瞬間的に加速して疾走するものだから、あまりの加速に首がもげるかと思ったわよ。

あっという間に裏門に到着すると、自警団と、上級の訓練生たちが配置についていた。

裏門の外は、もともと生えていた樹木の残骸《ざんがい》やら、すり鉢《ばち》状の穴やらがあちこちにあって戦闘の激しさを物語っていた。

遠くに見える森との境界に、すでに魔物の姿が見えている。

体長3メートルほどもある9体のヘルハウンドね。

母さまはワタシを左手で片手抱きにしたまま、右手を突き出し詠唱《えいしょう》を始める。

おー、魔法の発動を間近で見るチャンスだねぇ。

ワタシは魔眼で魔力を可視化しながら解析を開始する。

「闇の眷属《けんぞく》たるジラシャンドラの名において命ずる。敵を貫けダークアロー！」

うわぁ、なんという厨二《ちゅうに》風味！　こういうの好きだわぁ、と思いつつ解析を続ける。

固有能力の魔導錬成と各能力が解析を補正しているのを感じるわ。

ものすごい量の解析情報が森羅万象《しんらばんしょう》へ流れ込んでくる。

最適化が各能力をリンクしてくれているので、じっくり解析することができた。

母さまの右手にオーラが膨《ふく》れ上がり、全身の魔素と同化している細胞から発生した純粋な魔力が右腕に集まっていく。

掌《てのひら》の前に、先端のとがった棒が7本形成されていき、毒の効果も込められたようだ。

矢というより杭《くい》よね。

そして弓から矢が放たれるように飛翔した闇色の杭が群れに突っ込んだ。

土煙が晴れると9体のうち7体が倒れてもがいていた。

残りの2体は仲間がやられたことに怒り狂って全速力で走りよってくる。

母さまがワタシを身体《からだ》の大きな男に投げ託し、収納庫から小太刀《こだち》を取り出した。

左手に握ったまま鯉口《こいぐち》を切る。添えられた右手は逆手だ。

逆手のまま抜刀《ばっとう》すると、鞘《さや》を逆手で持ったままハの字に構えた。

コンパクトな構えだけど、鞘は牽制《けんせい》か打撃に使うはずだ。

おっと、間もなく母さまとヘルハウンドが接触するところだわ。

ワタシの思考は森羅万象のおかげでとても高速だから、集中すると時間が引き延ばされたように見える。

母さまは先行していたヘルハウンドの鼻先を鞘でぶん殴《なぐ》り、もう1体の首をスパンと切り飛ばした。

そのまま流れるように返す小太刀で、ぶん殴った方の首も飛ばす。

もがいていた7体の生き残りも、込められていた毒の効果で絶命している。

凄《すご》い！　戦闘時間は30秒くらいかな。

母さまは血の付いた刃をぬぐって鞘に戻すと、ニッコリとほほ笑んだ。

ワタシは全ての解析を終え、攻撃魔法の原理とプロセスの解明に成功した。

《闇魔法ＬＶ１ダークショットを習得しました》

《闇魔法ＬＶ２ダークスポットを習得しました》

《闇魔法ＬＶ３ダークアローを習得しました》

《光魔法ＬＶ１フラッシュを習得しました》

メニューの習得アナウンスが頭の中に響き渡る。

〈やったぁ！　これで攻撃魔法が使えるようになったわね！〉

〈我が主よ、早く、闇魔法を極めるのじゃ〉

とその時、「ジ～ル～ちゃ～ん！」と叫びながらすっ飛んでくる美獣が1匹！

ワタシは大男から奪い取られ、ほっぺをわしゃわしゃされ、抱きしめられた。

「かあしゃま、つよいねぇ！　かっこよかった！　わたちもつよくなるー！」

「よーし、よく言った！　ご褒美に甘いもの買って帰ろうねー！」

「あーい！」

ヘルハウンドの生首が恨めしそうにこちらを睨《にら》んでいるように見えた。

姓名：ジル・ハイランダー　種族：神魔族　性別：女　年齢：2歳　レベル：0（0）
状態：良好　職業：なし　加護：転生神　祝福：エレボス（NEW）
ギフト：解析　魔眼　完全言語　完全識字　思念話　偽装　称号：なし
固有能力：妄想　最適化　並列思考　森羅万象　魔導錬成　状態異常無効　再生
生命力50（10）　魔力180（80）　攻撃力32（2）　防御力26（1）
敏捷《びんしょう》31（1）　知力295（248）　運12（12）
スキル：魔力感知（NEW）　魔力操作（NEW）　魔素錬成（NEW）
闇魔法LV3　光魔法LV1　時空魔法LV2（NEW）

② 魔法幼女……………………

魔法は妄想だぁー、バカヤロー！

心の中で叫んでみたけど、全《まった》くその通りなんだよね。

この世界には魔素があり、身体の中には魔力があり、そして魔法がある。

思いは魔法を発生させ、思いの強さは魔法を強力にする。

地球で過ごしたワタシには、魔法の種類と効果の知識が既にあるのよ。

たとえ本やゲームの知識であっても魔法を使うとどうなるかが解っているわけよね。

しかも、ワタシの妄想と魔法って抜群《ばつぐん》に相性がいい。

それでも、この世界にも法則というものがある。

ダークハンドはたまたまだったみたいで、オリジナル魔法はなかなか編み出せなかった。

ワタシと母さまはいつも一緒で、困るのは魔法の練習ができないこと。

魔物の迎撃には、必ずついていっているけど、ワタシが魔法を撃てるわけじゃないもんね。

神素との同化率はすでに１００％で、神素を発見する前に取り込んでいた不純物もきれいさっぱり消えていた。

同化率がＭＡＸになってからは、ステータスの上昇率も加速している。

どうやらこの身体は神素との相性がいいみたいなのよね。

あーあ、いつでも魔法が撃てる準備はできているんだけどなぁ。

ハァ～～、魔法を思いっきり撃ちたいよ。


新年が明け、春が来た。

この何か月かで、いくつかやり遂《と》げたことがある。

ワタシは、暇に飽《あ》かせて森羅万象内に演算装置を作りだすことに成功したのよ。

妄想を利用した魔法実験場も作ってしまった。

妄想の効果がイマイチわからないんだけど、妄想しているうちになんやかんやでできてしまうから不思議だ。

おかげで黒魔素を使った爆発魔法の開発にも成功した。

内緒で魔法を撃ちに行きたくて、夜にこっそり抜け出そうとしているけど、必ず母さまに見つかってしまう。

おかげで、気配遮断《しゃだん》と隠密《おんみつ》を習得したけど、母さまには通用しなかった。

素直に魔法を撃たせてくれと頼んだ方が早そうだわ。

ワタシの小さい身体は魔力を放出したくて疼いてるのよ。

あっ、なんかいやらしい。

そう思いながら散歩していたら、今まで1度も成功しなかった母さまの解析に成功した。

姓名：ジラシャンドラ・ハイランダー　種族：人族　性別：女　年齢：19歳
レベル：81　状態：頑健　称号：闇の狩人《かりゅうど》　白昼の刺客《しかく》　ビーストデストロイヤー
固有能力：常在戦場　白兵の心得　状態異常耐性　反射防衛
生命力５５００　魔力３８００　攻撃力５８５　防御力３５０　敏捷８６０　知力１２０
運23
スキル：魔力感知　体術　気配感知　気配遮断　索敵　五感強化　命中
闇魔法ＭＡＸ　光魔法ＬＶ６　時空魔法ＬＶ３　風魔法ＭＡＸ　雷魔法ＬＶ６
重力魔法ＬＶ１　威圧ＬＶ６　刀術ＬＶ８

くあ〜、さすが母さまだわ。最強騎士と言われているのも伊達《だて》じゃないわね。

ステータスに歴史ありだ。母様は見た目も凄いけど、中身も凄かった。

でもなんで？　母さまの種族は人族だ。

なんか嫌な予感がして、その辺にいる人たちを解析してみたらみんな人族だった。

ああ、やっぱり。こういう予感ってなぜか当たっちゃうのよね。

なんでワタシだけ神魔族なのよ～～！　バカヤロー！

心の中で叫んだところで、なにが変わるわけでもないんだけれど、神魔族の世界だと思い込んでいたから、ちょっとショックだったのよ。

ここでしょげてもしょうがない。こんな時はやっぱり魔法だよね。

母さまに頼んでみよっと。

「かあしゃま、まほうをうってみたいでしゅ！」

「ジルにはまだ早いと思うんだけど？」

母さまは少し困った顔で答えた。

「かあしゃまのまほう、いっぱいみたからできる！」

「う～ん」

悩んでいるみたいだからダメ押しする。

「おねがいでしゅ！　おねがいしましゅでしゅ！」

「わかった。それじゃあ今日は広場にいってみましょうね」

「かあしゃま、ありがとう！」

ワタシの満面の笑みに母さまもニッコリだ！

ワタシは、シュタタタタタタターッと走り出した。

帽子は走ると飛んでいくので、帽子の代わりにエレボスを乗せている。

母さまが慌てるくらい、最近のワタシは速く走れるようになっていた。

母さまには遠く及ばないけれど、普通の大人では追いつけないほど速い。

商店街を風のように駆け抜けていくワタシたち親子を見送るおっちゃん方が、「血は争えねえなぁ！」とつぶやいている。

裏門近くの広場は訓練場も兼ねているから、ここにいれば魔物への対応がしやすい。

広場の奥には魔法試射用の丸太でできた頑丈な的《まと》があった。

的の後ろには小高い土山があるから、よほどのことがない限り近所に迷惑は掛からない。

「ジル？　魔法なんだけど、なにかできるのある？」

母さまがしゃがんで優しく訊ねてくれた。

「なんこかできしょうなのあるでしゅ！」

ワタシが答えると、母様がニッコリ笑う。

「じゃあできるのやってみる？　あそこの木にジルちゃんができる魔法を撃ってみよっか！」

「はじめてだけどがんばるでしゅ！」

そして、ちょっと真剣な顔を演出して時間をかけて両手を前に突き出した。

母さまはそんなワタシをジッと見つめていた。おそらく魔力感知を使ってる。

野球ボール大の魔力弾を的に飛ばすイメージ、速さは弱で。

「だーくしょっとー！」

ワタシの小さな両手の前に黒っぽい球体が出現する。考えていたのよりちょっとデカい？

行け、と念じると、シュイーンと勢いよく的に向かって飛んでいった。

ドォォ～ン！

オーマイガー！　的が木っ端微塵《こっぱみじん》に砕《くだ》け散ってしまったわ。

「あれれ？　ダークショットってこんなに威力あったっけ？　しかも詠唱《えいしょう》してないよね？」

しもうた～。ダミー詠唱すんの忘れてた！　母さまがポカンとしてる。

「かあしゃま！　かあしゃまー！　まほうできまちたー！」

最高級の笑みで母さまに抱き着いてみる。

母さまは我に返り、的とワタシを見比べて、ニッコリと笑いかけてくれた。

成功ね！　秘技、天使の笑み！

母さまがワタシの頭をワシャワシャと撫《な》でてくれた。

「気持ち悪くなったりしてない？　どこか痛いところはない？」

そしていつものように抱きしめられ、頬《ほお》ずりする。

「だいじょうぶでしゅ！　どこもいたくない！　もっとまほう、うちたい！」

「ジル？　魔法の練習は無理にやると身体を悪くしちゃうからダメなのよ。だから今日はもうやめようね。わかったかな？」

ワタシを気遣ってのことだろうけれど、このチャンスは逃せない。

「かあしゃま！　わたちね、もっとまほう、うちたいでしゅ！　ずーっとがまんちてたの！　まほうがね、でたいってくしゅぐるの！　もっとまほう、うちたいでしゅ！」

「よし、わかった！　気持ち悪くなったり、眠くなったりしたときにすぐ言ってくれたら、魔法撃ってもいいよ！　約束できるかな？」

「やくそくできるでしゅ！」

「さっき何個かできるって言ってたけど、まだできる魔法あるの？」

「まだあるでしゅ！」

「あらぁ、ほんとに？　じゃあ好きなように魔法撃ってみよっか！」

「はいでしゅ！」

うははっ、お墨付《すみつ》きをもらったのでどんどんいってみよう！

その前に、周りを見渡してみると、先ほどまで人気《ひとけ》のなかった広場の入口に屋台のおっちゃんが腕を組んで立っていた。

トラッシュさんだっけ、さっきでかい音させたから見にきたのかな？

でも母さまが気にしてないから続き、続き！

今度は右手を突き出し、前に向けてフラッシュを撃ってみることにした。

「ふらーっしゅ！」

ポンッていう感じで地面や的のあたりが一瞬眩《まぶ》しい光に照らされた。

「あら珍しい！　ジルはフラッシュが使えるのね。普通はライトを覚えるものなんだけど」

へぇ、フラッシュは珍しいんだ。

フラッシュは目つぶしに使えそうだけど、これじゃあ失明するわね。

至近なら大ヤケドってところかしら。

よし、今度は少し強めで、範囲を絞《しぼ》ってみる。

左手を突き出し、魔力を多めに込めて、一点に集中するように発動した。

「ふらーっしゅ！」

チュイン！　一瞬の閃光《せんこう》で目が眩《くら》み、空気が焼き切れる音とオゾン臭が漂う。

的だった丸太のほぼ中央に直径10センチほどのきれいな丸穴が空いていた。

背後の土山がオレンジ色に光っている。

これってレーザー？　それとも熱光線か。威力がヤバい。

もっと魔力を抑えて、手数を増やせば、かなり使えそうね。

「ジル、今のはなに？　見たことない魔法だったけど、あれもフラッシュなの？」

「はいでしゅ！　ふらっしゅはまぶちーだけなので、まっすぐとぶようにちたでしゅ！」

「まだ疲れない？　いくら天才でも無理しちゃダメなのよ？」

「へいきー！　まほう、ぜんぜんへらないでしゅ！」

「そう、それじゃあジルが好きなだけ撃ってもいいわ！　でも、絶対無理をしないこと！」

「はいでしゅ！　かあしゃま！」

母さまは何か思うところがあるのか、好きなだけ撃てと言ってくれた。

無詠唱には気が付いているはずなんだけれど、そこにも触れようとはしない。

それならバンバンいきましょう！　こんどはダークスポットを試してみることにした。

まず、空間把握《はあく》で的の残骸《ざんがい》の真下を特定する。

離れると発動しなかったので、シュタタタタッと走って近づいて再び挑戦。

「だーくしゅぽっと！」

ドン！　的の残骸が地面に引きずり込まれるようにのめり込んだ。

成功ね！　魔力消費は発動規模で変わるのか。

近づいて観察すると、的が突き出ていて残りは地面に消えていた。

溶けた土がまだ熱かったけれど、丸太の残った部分は押してもびくともしなかった。

どうやら落ちた部分が消滅するわけではないらしい。完璧《かんぺき》な落とし穴だわ。

よし、次だ！　とうとう考えていたことを試す時が来たわね！

ワタシは魔素錬成で体内にためていた黒魔素をいつでも取り出せるように準備する。

的の近くまで走っていき、地面にオーラが触れるくらいの距離まで手を近づけた。

深さ50センチ、直径30センチでダークスポットを発動させる。

魔法はオーラを媒介《ばいかい》にしているから、空気に触れず黒魔素を充塡《じゅうてん》するのは簡単だ。

そのままオーラ経由でダークスポットに黒魔素を充塡させる。

闇地雷が完成し、興味津々《しんしん》でワタシを見つめていた母さまの元に駆け戻った。

「かあしゃま！　やみじらいなのでしゅ！　ここからあのあなに、いしをなげて！」

「ジルが作った穴に、石を投げ込めばいいのね？」

母さまはその辺に落ちていた石を拾い闇地雷に向かって投げた。母さまは絶対外さない。

石が闇地雷に触れ、吸い込まれた瞬間に爆発した。

ドガンバグーン！

真上に爆風を噴き上げ、直後の爆縮でできた真空で、何もなかったように爆風が消えた。

爆発と同規模の爆縮を伴《ともな》うことは予想してたけど、威力が思ってたより強い。

あははっ、それにしても爆発する魔法っていいわよね～！

「かあしゃま！　しぇいこうしたでしゅ！」

「もう、何が出てきても驚かないわ。まだ何かできるなら見たいな～」

母さまは逆に冷静だ。

いよいよ本命のダークショットで試してみるときが来た。

射撃待機状態のダークショットにオーラを介して黒魔素を充塡する。

ちょっと多いかなと思ったけど、とっておいても危ないので残りを全部込めた。

お～、いいね～、ちゃんと安定しているよ。

速度は中、最後に残った中央の的を狙う。

「やみりゅーだん！」

先ほどのダークショットとはくらべものにならない高速で飛んでいく。

ドバババン！　バッガーーン！

「うひゃひゃひゃひゃひゃ！」

やっぱり、爆発はロマンだわぁ～。

土と的の破片がパラパラと降ってきた。でも、ちょっとやり過ぎたかも。

的が跡形もなく吹き飛び、土山の半分が抉《えぐ》り取られていた。

直後の爆縮は真空を作りだしたけれど、相殺《そうさい》しきれなかった爆風と共に破片と土を撒《ま》き散らしてしまった。

ふと広場の入口を見るとトラッシュのおっちゃんが尻もちをついていた。

「かあしゃま！　ごめんなしゃい！　おやまこわしちゃったでしゅ！」

にくのおいしゃんも、ふっとばしてしまったでしゅ。

母さまがワタシのことをぎゅっと抱きしめてくれた。

「いいのよ！　眠くなったりしてない？」

「大丈夫！　げんきでしゅ！」

母さまは、とりあえず家に帰ることにしたらしい。
帰りにトラッシュのおっちゃんの屋台に寄って、串焼き肉を買ってもらった。
おっちゃんの顔が少し引きつっていたけど、笑顔を向けたら治ったみたい。
自分では天使のつもりだけど、悪魔の微笑かもしれない。
そして、だいぶ遅れていた、メニューの習得アナウンスが入った。
《精密魔力操作を習得しました》
《命中を習得しました》
《闇魔法ＬＶ４闇空間を習得しました》
《闇魔法ＬＶ８闇地雷を習得しました》
《闇魔法ＬＶ９闇榴弾を習得しました》
《光魔法ＬＶ１ライトを習得しました》
《光魔法ＬＶ10ソルレーザーを習得しました》
関連する魔法も覚えちゃうのね。
フラッシュを利用した熱光線魔法はソルレーザーになってる。しかもＬＶ10だ。
闇空間も手に入ったし、これで黒魔素が貯蔵できるようになった。
アナウンスが遅れたのは、無理矢理ひねり出した魔法の編成に戸惑ったからなのよね。
今日は魔法をぶっ放してすっきりしたわ～！

だけど、母さまの様子がいつもとちょっと違うのよねぇ。

こりゃなんか言われるかなと思っていたら、案《あん》の定《じょう》、家に帰ると絨毯《じゅうたん》の上に座らされた。

「ジル？　本当に身体《からだ》はなんともないのね？」

「うん、だいじょうぶでしゅ」

「あの魔法はどうやって覚えたの？　あまりにも凄《すご》すぎてちょっと心配になっちゃったわ」

やっぱ、そうくるよねぇ。

どうしたものかな。転生の件は伏せるとして、ある程度は話しておいた方がいいのか。

神魔族のことも話しておいた方が良いかな。

エレボスはワタシが転生者だと知っているけど、神魔族という存在が特別だと思ってなかったから、ワタシが神魔族だということは話してないんだよね。

「かあしゃま、わたちはまほうがみえるのでしゅ。めにゅーがみえて、じもよめるでしゅ。えればしゅとけーやくしてから、まほうがかんたんになったでしゅ」

「あらぁ、もうメニューを使いこなしてるの？　字が読めるといったって教えてないじゃない」

「かんぜんげんごと、かんぜんしきじをもっていましゅ」

「なるほどぉ。それなら確かにメニューを使いこなしてもおかしくないわね。魔法が視《み》えるってことは、ジルは魔眼をもっているのね？」

「もっていましゅ」

「やっぱりね～。そのおめめのことは人に言ってはいけないよ。私も秘密にしておくから」

「わかった。ひみちゅにするでしゅ。かあしゃま、ききたいことがあるでしゅ」

「なにかな？」

「めにゅーでは、わたちのしゅぞくが、しんまぞくになってるのでしゅ。しんまぞくってなに？」

「それほんと？　人族じゃなくて神魔族で間違いないの？」

あれれ、母さまの顔が引き締まったよ。

「ほんとでしゅ。それはわるいことなのでしゅか？」

「う～ん。このテルスにはねぇ、もう神魔族というのはいないはずなのよ。

大昔にそういう人たちがいたらしいということしか知られていないの」

「そうでしゅか、むかしいたでしゅか」

「ねえジル？　ジルが神魔族だというのも秘密にしましょう。

ジルがなんでもできちゃうのはそのせいだと思うの。だから念のためにね」

「わかったでしゅ。ひみつにするでしゅ」

エレボスが、黙っているのが気になったけど、大昔に神魔族が存在していたらしいことがわかっただけでも良かったのかな。

「でも、これでわかったわ。ジルが色々と違うのは気になっていたの。

ジルの目は私と違って銀色なのよ。それも吸い込まれるような深い銀色。

それはジルが神魔族だったからなのね」

「かあしゃま、かがみ、みたいでしゅ」

「鏡ねぇ。実はジルには鏡を見せないようにしてたの。

なぜかって言うとね、ジルには女であることを意識してほしくないからなのよ。

髪を短くさせてるのもそのためなの」

「どうしてでしゅか？　わたちはじぶんをみたことがないでしゅ」

「それはね、ジルは5歳になる前から、騎士になるための訓練を受けなければならないからよ。

ジルは棟梁《とうりょう》様の娘だから、他の子より訓練がずっと辛《つら》いはず。

棟梁様の子はたくさんいたけど、生き残ったのはごくわずかなの。

女で生き残れた者はほとんどいないのよ。だからジルは女を捨てなくちゃならない」

「わたちはしにたくないでしゅ。かがみはがまんしゅるでしゅ。

かあしゃま、わたちにたたかいかたをおしえてくだしゃい」

「そうね、今日の感じだと、もう教えてもよさそうね」

よし！　これで、魔法は撃ち放題だし、身体も思いっきり動かせる。

ワタシはとっくに闇空間への黒魔素の充填を始めていた。

妄想魔法実験場では闇空間と黒魔素を使った実験も始めている。

並列思考というのは本当に便利で、何かをしながら別なことをすることが普通にできる。

実験というのは、闇空間で黒魔素が圧縮できるか確かめることだった。

あくまでシミュレーション上でなんだけど、ちょっとおもしろいことになっている。

闇空間の容積を限りなく０に近づける過程で黒魔素がブラックホール化したのだ。

魔法実験場を丸ごと１つ呑《の》み込んで、一瞬ヤバかった。

ブラックホール化のプロセスがわかってしまった以上、現実でも同じことが起こる。

破壊じゃなくて消滅かぁ、これって神の領域だよね。

《次元魔法ＬＶ８ブラックホールを習得しました》

うげっ、スキル化しちゃったよ。

次元魔法か。これは間違いなくワタシの切り札になるわね。

威力の調整が難しそうだけど、精密魔力操作と魔素錬成で何とかなりそうな感じだ。

本来なら、徐々に高レベルの魔法を習得するのが筋なんだろうけど、ワタシには地球の知識がある。

実際、ソルレーザーやブラックホールは、この世界には存在しない魔法なのかもしれない。

メニューが混乱して習得アナウンスに時間差が生じてしまうのは、そのせいかも。

シミュレーションって大事よね。ほとんど妄想だけど。


その夜、珍しく母さまがいなかったので、エレボスから話しかけてきた。

「我が主よ。さっき主の種族が神魔族と言うたじゃろう。ほんとか？」

「ごめん、えればしゅ。かくしてたわけじゃないのでしゅよ。

わたちいがいのみんなが、ひとぞくだとしったのはきょうでしゅ」

「それはいいのじゃが困ったことになったかもしれぬのじゃ」

「なにか、まずいことでもあるのでしゅか？」

「うむ。主はおそらく魔神や悪神どもから狙われるのじゃ」

「まじんとあくしん？　なんでしゅか、それは」

「まあ聞け、主。

ここは神魔族の世界じゃったが、神魔族をとても恐れていた魔神どもに、攻め滅ぼされてしまったのじゃ。

じゃが、最後まで戦い続けて生き残った1人の神魔族が、神化して麗神《れいしん》となったのじゃ。

戦神となった麗神は、たった1人で魔神どもを屠《ほふ》ったという。

麗神は、焦土《しょうど》と化したこの世界に、世界樹や精霊、今住んでいる魔物や動物たちを創ってくれたのじゃ。

じゃが、魔神どもの大軍が攻めてきて、麗神は姿を消したのじゃ。

この話はアッテンボローから聞いたのじゃ」

「なるほど。だからわたちもねらわれるというのでしゅね」

「そういうことじゃ。じゃがこれで合点《がてん》がいったのじゃ。ワシが主に惹《ひ》かれたのは、主が神魔族じゃったからなのじゃな」

「わたちはえればしゅがかんがえているようなそんざいではないかもしれないでしゅ」

「いやいや、主。ワシは主の身体に惹かれてきたのではない。主の存在自体に惹かれてきたのじゃ。この意味は大きいのじゃ」

う〜ん。エレボスの話にはちょっと考えさせられてしまったわね。

母さまの解析に成功するまでは、この世界が神魔族の世界だと思っていたんだもの。でも違った。神魔族はワタシだけなんだろうと思う。

姓名：ジル・ハイランダー　種族：神魔族　性別：女　年齢：2歳　レベル：0（0）
状態：良好　職業：なし　加護：転生神　祝福：エレボス
ギフト：解析　魔眼　完全言語　完全識字　思念話　偽装　称号：なし
固有能力：妄想　最適化　並列思考　森羅万象《しんらばんしょう》　魔導錬成　状態異常無効　再生
生命力200（50）　魔力270（180）　攻撃力65（32）　防御力75（26）
敏捷《びんしょう》90（31）　知力450（295）　運15（12）
スキル：魔力感知　精密魔力操作　魔素錬成　気配遮断（NEW）　隠密（NEW）
命中（NEW）　闇魔法LV9　光魔法LV10　時空魔法LV2　次元魔法LV8（NEW）

③ 聖女になっちゃった……………………

3歳になった。

ワタシは毎日訓練場で魔法を撃ち、母さまに闘いを挑んでいる。

魔法はともかく、格闘訓練では、母さまに触れることすらできない。

母さまは強い、強すぎる。

今年の夏はいつもより暑く、暑い夏はいつもより魔物が多いと里のみんなが噂《うわさ》をしていた。

そのせいかどうかはわからないのだけど、母さまが任務を受けることになったらしい。

ワタシはどうなるんだろう？

なんとなくだけど、父さまからは避けられているような気がするし。

「ジル、大事なお話があるの」

ああ、とうとう来たか。任務の話なんだろうな。

「はい、かあしゃま」

「えっとね、私は任務で遠くに行かなければならなくなったの。

ジルと離れなくてはならないのよ」

ああ、やっぱり。

「かあしゃま、どっかいっちゃうのでしゅか？　どのくらい？」

「長ければ2年よ。ジルと一緒にいるのが楽しくて、とても幸せだったのにね。

だけど、どうしても行かなければならないのよ」

「わたし、さびしいよ。かあしゃま。

でもかあしゃまは、きしでしゅから、しかたないのでしゅよね」

「ああ、ジルったら。もっと一緒にいたいし、もっとジルを鍛えてあげたかったのにぃ」

「でも、かあしゃま。わたちはどうなるのでしゅか？」

「そのことではずっと揉《も》めてたのよ。

でも、結局この里にあるアテンボロス教会に預けられることになったわ」

「きょうかいでしゅか。そこでわたちはなにをしたらいいのでしゅか？」

「そこで、治癒《ちゆ》魔法を覚えるの。ジルなら楽勝だと思うけどね」

「わかりました。ちゆまほうをおぼえるでしゅ。かあしゃま、はやくかえってきてね」

「うん。でも出発するのは3日後よ」

「かあしゃま、おねがいがありましゅ。いくまえに、やみまほうをおしえてくだしゃい」

闇魔法をコンプリートしなければ、エレボスから高位魔法を教わることができないものね。

「そうね、ジルならもう耐えられるかもしれないわね。いいわ、教えてあげる」

　2日間の格闘修業は荒行のようだった。

　3日目の今日が最終日なので、闇魔法を教えてもらうことになっているんだけど、その前に格闘訓練が先なのだ。今日は思い切っていく。

　自分よりはるかに大きな魔物と闘うこともあるのだから、体格差を問題にしてはいけない。

よし、妄想攻撃だ！

　昔テレビで見たキャ〇ャーンになろう。飛んで捻《ひね》って切り裂いて、鉄の悪魔を叩いて砕《くだ》く。

ワタシがやらなきゃ誰がやる！

「とあー！」

ぐぬー、たかく飛べない。もっと高く、もっと速く、空中でイナバウアー！

「うぬあー！」

母さまが華麗《かれい》にかわす。ポトリ！　だめだ！　もっとだ！　新月面宙返り〜的飛び蹴《げ》り〜！

なぬぅ！　まだ地面に着かないうちに頭撫《な》でられたー！

着地と同時にジャーンプ！　そして空中回し蹴りー！

かーらーのー、両手を地面についてカポエラキーック！

「はう～！」

くそー、かすりもしない。が、まだまだ～！　影から飛び出す幼女5連バク転回し蹴りー！

「ハァ～、ハァ～！」

見てろー、ライダーキーック！

母さまが涼しい顔で避ける。

こーれーでーどーだー！　ツートンカラーのデーンジエーンド！

なぁにぃー、受け止められてくすぐり攻撃だとぉ？

「うきゃきゃきゃきゃきゃきゃきゃ！　ふがぁ～」

おのれぇー！　これでどぉだぁー！　空中殺法ー！

《時空魔法LV3立体機動を習得しました》

がはっ！　何やら習得したみたいだけど、貴重な時空魔法！　母さまが持ってないやつだ。

「ハァー、ハァー、かあしゃまぁー、りったいきどーおぼえまちた！」

「あらあらジル、頑張ったもんねー！　でも、平地じゃ滞空時間が長くてスキだらけだよー。壁とか木とかがないと無理じゃないかなぁ。空間機動を覚えないとね」

ふあ～、母さまは余裕だなぁ～。

空間機動は習得できていないけれど、立体機動の効果は姿勢制御なんだよね。

投げ飛ばされても吹っ飛んでも、無駄に華麗な体捌《さば》きでシュタッと着地できる。

「じゃあ、闇魔法の『毒』覚えようか」

え？　このタイミングで？

「かあしゃま、まだくるちーの！」

「いやぁ、ジルは状態異常無効を持ってるでしょう？　だから弱ってるうちにと思ってー。こういうのは戦闘中の方が覚えやすいのよ！　さあ！　かかってこい！」

鬼だー！　鬼がいるー！

「じゃーおねがいしましゅ。とぉーっ！」

「よーし、闇のそこから湧き出る不浄のものよ、かの身体《からだ》を蝕《むしば》め、『毒』！」

母さまがワタシの連打を片っ端《ぱし》から躱《かわ》し、軽く手に触れた。母さまの闇属性のオーラから発した魔法がワタシのオーラを汚染していく。

あーなるほど、状態異常はオーラを通して浸透するわけか。

そしてワタシのオーラに留まったまま、行き場を失った母さまの魔法は霧散《むさん》した。

状態異常無効はバッチリ効いてるわね。

《闇魔法LV５毒を習得しました》

おーし！　ゲットー！

「はぁーっ、かあしゃま、どく、おぼえまちた！」

「どうだった？　苦しかったかな？」

「じぇんじぇんだいじょうぶ！　どく、きえまちたでしゅ」

「どーする？　続けていく？」

「だいじょうぶれす。ちゅじゅけてくらはい」

毒の影響は消えたはずなんだけど、口が回らないっぽい。

「じゃあ、こっちから行くわよ！」

母さまは詠唱《えいしょう》しながら、かなり手加減した連続回し蹴りを放ってきた。

ワタシは髪を振り乱しながらギリギリで躱《かわ》していく。

「闇の世界から縛り付ける触手よ、かの者の力を奪え！　『麻痺《まひ》』！」

避け続けるワタシの隙《すき》を突いてきた母さまの手がワタシの頬《ほお》に触れると、「毒」の時と同じプロセスでワタシのオーラが汚染されていく。

状態異常無効にレジストされた魔法が霧散した。

《闇魔法ＬＶ６麻痺を習得しました》

「ふひぃ～、かあしゃま！　まひ、おぼえまちた！」

「じゃあ、どんどん行くわね！　闇に包まれ眠りにつけ、『昏睡《こんすい》』！」

なかなか容赦《ようしゃ》がないわね。直ちに詠唱を完成させ発動待機状態に入る。

「はい、なのれ…ぐほぁ」

ノータイムで掌打《しょうだ》が腹にくる。やっぱりオーラが鍵《かぎ》ね。

《闇魔法ＬＶ７昏睡を習得しました》

「げほげほ、こんしゅい、げっとでしゅ！」

「偉い、偉い！　さすがわが娘！　じゃあどんどん行ってみよー！」

「はい、かあしゃま。どんとこいでしゅ！」

「汝《なんじ》がいるは闇の混沌《こんとん》、『混乱』！」

立体機動の恩恵なのか、空中でも思い描いたとおりに姿勢が決まり始める。でもそれだけ。いとも簡単に足首を摑《つか》まれ、魔法をくらいながら放り投げられるけれど、シュタッと無駄に美しい着地を決める。

《闇魔法ＬＶ８混乱を習得しました》

「はふ～、はふ～、かあしゃま！　こんらん、おぼえまちた！」

「なんか清々しいわね！　ジル！　次が最後よ！」

「うが～！　いけいけどんどんれしゅ！」

今度はこっちから速攻をかける。母さまは詠唱しながら余裕で躱していた。

「汝の闇が現実となれ、『幻覚』！」

あふぅ、やられた～。押し蹴りを食らった。もちろん足からも魔法は発動する。よく考えたらワタシからの攻撃が母さまに当たっても、魔法を食らうんじゃない？

なんか虚脱感が～。

《闇魔法LV9幻覚を習得しました》

「かっ、かあしゃま、げんかくおぼえちまいやした！」

ワタシの言葉がおかしいけれど、母さまは全然気にしてない。

結構レジストって消耗《しょうもう》するものなのねぇ。数値には出なくても、なんか気持ちが悪い。

でも、これで闇魔法はコンプリートね。

「それにしても、ジルは凄《すご》いわぁ、こんなに簡単に覚えちゃってー。

私が教えてあげられる闇魔法は、今ので全部なんだけど？」

「かあしゃま、ありがとうなのでしゅ」

「ジルと一緒にいられるのも、これで最後か～」

母さまがワタシを抱きしめて、頬ずりしてくれた。

いい匂《にお》い。この匂いが嗅《か》げなくなっちゃうのは少し寂しい。

「エレボスちゃん？　ジルのこと頼んだわよ」

「任せるのじゃ！　主のためとあらば一肌でも二肌でも脱ぐのじゃ」

ぷぷぷ、一肌も脱げないじゃんか。骨なんだから。


母さまに連れられて、里の中心近くにやってきた。

妄想が勝手に『ドナドナ』のメロディーを頭の中に流すんだけど、なぜか消せない。

目指す教会はかなり古くて、華美で見栄えのするものよりは好感が持てる。

入口の外まで続いていた行列の脇を抜けて中に入ると、親子だという30代の神官と、修道服姿の若い女性が患者の世話を焼いていた。

うわー、教会というより、救護所みたい。

「アスガ殿！　ご無沙汰《ぶさた》している。話は聞いているだろうか」

「これは、ジラシャンドラ様。ええ、聞いておりますとも。お任せください。

マリス、ちょっとこっちに来なさい。今度うちで預かることになった、ジル様だ」

「ジルでしゅ。よろちくおねがいしましゅ！」

「あらー、とっても可愛《かわい》い子ね。わからないことがあったらマリスお姉ちゃんに何でも聞きなさいね」

「あわただしいが、宜《よろ》しく頼む。もう行かなくてはならないのだ。

役場の方から魔物の肉が定期的に届くはずだから、食べさせてやってほしい」

「ははは、気を遣っていただかなくても、大丈夫ですのに」

「いやいや、この子の見た目はこんなだが、メチャクチャ食うのだ。

あとはたまに髪を切ってやってくれ。すぐのびてしまうんだ」

「わかりました。ジラシャンドラ様もお気をつけて。この子を立派な治癒士《ちゆし》にお育て致します」

「ジル、元気でいるんだよ。なるべく早く戻れるようにするから」

「かあしゃまもきをつけて。しなないでくだしゃいね」

別れがたかったけれど、母さまはギリギリまでワタシと一緒にいてくれたのよね。

1人取り残されたワタシは、とりあえずアスガ神父とマリスの治療を見学することにした。

ケガはキュアで消毒してからヒールを使うのか。

病気だとキュアだけでいいのね。それにしても詠唱が長すぎでしょ。

初めて視《み》たけどこれならワタシにもできそうだ。

《光魔法LV2ヒールを習得しました》

《光魔法LV3キュアを習得しました》

まあ、当然こうなるわよ。

それにしてもチマチマ治療してたんじゃ、いつまでたっても患者が減りゃしないわね。

詠唱が長いから、仕方ないのかもしれないけど、ワタシも手伝った方が良いのかなぁ。

「ねえ、ねえ、えればしゅは、わたちがひかりまほうをつかってもへいきでしゅか?」

「もちろんじゃ、我が主。どんどんやるがいい」

闇精霊だから、光魔法を嫌うのかと思ったらそうではないらしい。

「ねえ、まりすおねえちゃん。わたちもおてつだいしゅるでしゅ」

「え～、いきなり?　でも、できるの?」

「たぶんできるでしゅ」

「じゃあいいわ、やってみてくれる？」

次の人は、骨折したおっちゃんだったけど、ワタシが治療するのが不服らしい。

「おいおい嬢ちゃん、背伸びは感心しないなぁ。できもしないことは無理するもんじゃねぇ」

カチンときたけど、ここは我慢だ。そう思われても仕方ない姿だもんね。

だけど、このおっちゃんがワタシのハートに火を点けたのは間違いない。

こうなったら、通常のヒールだけでは収まらないわね。ワタシだって成長しているんだから。

オーラを広げてみると、礼拝堂くらいは包めそうだ。どうせなら一気にやっちまう？

行けぇ～、エリアヒール&キュアー！

「いかん、主！　それはやり過ぎじゃぁ！」

エレボスの声が遠い。たしかにこれはやり過ぎたかもしれない。

魔力がワタシの望みに反応して、1度ついた弾みを止めることができない。

もう行くところまで行くしかないわ。

まるで砂に水がしみ込んでいくように、魔力が吸い取られていく。

まだ大丈夫、魔力は足りている。もう少しだ。

最後の1人。よし、治した。

教会の中が静まり返ったと思ったら、すぐにざわつきだした。

「おい、今のは嬢ちゃんがやったのか？　俺の腕が治りやがった」

「ちょっとぉ、順番がきてないのに治っちゃったわよ？」

「もしかしてこの子がやったの？　信じられないわ。まるで奇跡よ」

あちこちから声が聞こえる。

慌てた様子のアスガ神父がすっ飛んできた。

「ジルちゃん、私が担当していた患者が急に完治したんだけど、なにかしましたか？」

「えりあひーるだったとおもいましゅ」

フラフラしながら答えたけど、喧騒《けんそう》にかき消されてしまったようだ。

「この子はジルちゃんじゃないか」「棟梁《とうりよう》様の娘さん？　さすがね」「聖女様だ！　聖女様がいるぞ！」「この子だ、この子が聖女様だ！」「目が、目が良く見えるようになりました！」「奇跡が起きたんだ！」「なんだ、怪我《けが》だけじゃなく、病気も治ってるじゃないか！」「この里に聖女様が現れたぞー！」

なんだか騒がしいな、誰が聖女だって？　ダメだ、立ってられない。

バサリッ！

「キャーッ、聖女様が～！」「聖女様がお倒れになったぞ」

なんだ、聖女ってワタシのことだったのか。

《光魔法ＬＶ４エリアヒールを習得しました》

《光魔法ＬＶ５エリアキュアを習得しました》
《称号　ハイランドの聖女を得ました》
《ハイランドの聖女の称号を得たことにより、職業が聖女になりました》

　習得アナウンスを聞きながら、ワタシは眠ってしまったらしい。

姓名：ジル・ハイランダー　種族：神魔族　性別：女　年齢：３歳　レベル：０（０）
状態：良好　職業：聖女（ＮＥＷ）　加護：転生神　祝福：エレボス
ギフト：解析　魔眼　完全言語　完全識字　思念話　偽装　称号：ハイランドの聖女（ＮＥＷ）
固有能力：妄想　最適化　並列思考　森羅万象《しんらばんしょう》　魔導錬成　状態異常無効　再生
生命力２２０（２００）　魔力３００（２７０）　攻撃力80（65）　防御力85（75）
敏捷《びんしょう》１１０（90）　知力４５５（４５０）　運15（15）
スキル：魔力感知　精密魔力操作　魔素錬成　気配遮断　隠密　命中
闇魔法ＭＡＸ　光魔法ＬＶ10　時空魔法ＬＶ３　次元魔法ＬＶ８

④ ダークヒロインになっちゃったかも……………

んが〜、ここはどこ？　あ、そっか、教会に預けられてたんだった。

職業が聖女になったんだっけ。ちょっと嬉しいかも。

「主、大丈夫か？　心配したのじゃぞ」

「ごめん、えればしゅ。だいじょうぶだけど、おなかがしゅいてしにしょうよ」

ワタシは寝かされていたベッドから飛び出して、食べ物の匂いがする方へ向かった。

《五感強化を習得しました》

やだぁ〜、なんか卑《いや》しいみたいじゃない。でも確かにワタシは飢えているわ。

扉を開けると、アスガ神父とマリスがいて、ワタシより少し大きいくらいの男の子がいた。

ふーん。黒髪、黒目とは珍しいわね。それに、闇属性のオーラ？

いやちょっと違う。もしかして暗黒属性？　へえ、こんな子もいるんだぁ。

そんなことより、まずは食べ物よ！

「まりすおねえちゃん、おなかしゅいた！」

「あらあら、ジルちゃん。おなか空いちゃったのね」

「ジル様、大丈夫でしたか？　あの後、大騒ぎになって大変でしたよ」

「ごめんなしゃい、だいじょうぶでしゅ。あと、さまはいらないでしゅ」

「わかりました。まずは食事ですね。たくさん作っておきましたから」

はしたないとはわかっていたけど、口の周《まわ》りを汚しながら猛烈に食べた。

「なんだ、おまえは。おんなのくしぇに、そんなにくいやがって」

「ちみはだれでしゅか？」

「おれは、るーちぇだ！」

「わたちはじるでしゅ」

「ほう、珍しく闇に愛された子がおる。強くなりそうじゃ」

エレボスがこう言うからには、このルーチェという子も特別ってことなのか。

「うわっ、だれだっ！　なにもいないところから、こえがきこえたじょ」

〈エレボス？　姿を見せてあげることってできるの？〉

〈もちろんじゃ。じゃがいいのか？〉

〈だってしょうがないじゃない、エレボスが声をだしちゃうんだもん〉

エレボスが姿を現したとたん、驚いたルーチェが椅子《いす》から転げ落ちた。

「おっ、おっ、おばけ～！」

「闇の大精霊に向かって、お化けとはなんじゃ。失礼な小僧じゃな」

「わたちのせいれいよ。えれぼしゅっていうの」

「これは驚きです、その歳《とし》でもう精霊を従えているのですね。さすがです。

しかし、さっきの魔法にも驚きました。正直、ここにいる意味がないくらいです」

「あれはエリアヒールよね。私も使えるけど、あんな人数はさすがに無理ね。

みんなが聖女様だって大騒ぎしてたわよ。でも、もうあんな無理しちゃダメだからね」

「あーい」

お腹がいっぱいになったところで、早々と寝かしつけられてしまった。

「主、闇魔法がＭＡＸになったであろう？　やっとじゃが、魔法を授けようと思うのじゃ」

「ほんとでしゅか？　おねがいしゅるでしゅ」

「主ほどのオーラに触れていられるのじゃから、奮発せねばなるまいな。

ワシが教えられるのは、暗黒魔法、混沌《こんとん》魔法、重力魔法の３つじゃが、どれか１つを特別に中位まで使えるようにしてやろう。どうじゃな？」

なるほどぉ、これはお得かもしれない。

中位ということは、ＬＶ５相当ということになるのかぁ。どれも捨てがたいわね。

ん？　いや待て待て。エレボスが使えるなら、ワタシが覚える必要ないんじゃない？

「わたちがおぼえなくても、えれぼしゅはじぇんぶちゅかえるのでしゅよねぇ」

「精霊は精霊魔法しか使えないのじゃ。ワシにできるのは、教えることだけというわけじゃな」

よくできてるわねぇ。ん～、なやむなぁ。

「ねえ、えればしゅ。それじょれのまほうの、さいしょのいっこだけでいいから、みっちゅぜんぶおしえてくれましぇんか？」

最初のきっかけさえ習得するのが難しそうな魔法ばかりだからね。

「主も見かけによらず頭が良いのぉ。普通ならば1つの魔法を伸ばした方が良いとは思うのじゃが、その幼さで闇魔法をマスターした主じゃからなぁ、まあよかろう。

では準備はよいかの？　我が主よ！」

「ばっちこいでしゅ！」

「我は闇の大精霊！　エレボスの名において、汝《なんじ》に3つの魔法を授けん！

暗黒魔法・ダークヒール、混沌魔法・マジックブレイク、重力魔法・重量軽減！」

頭の中に3つの魔法知識が入ってきて、すぐにでも使えそうな感覚で定着したのを感じる。

エレボスは疲れてしまったのか、ヨタヨタとワタシのムネの上に飛んできて腹這《はらば》いになった。

こういうとこは不気味可愛《かわい》いのよね。

翌日、治療を手伝おうと思ったら、寝てろと言われてしまった。

あんなに魔力を使ったのは初めてだったけど、1晩寝たら魔力なんかは満タンになっている。

〈ねえエレボス、やっぱりレベルは上げた方が良いわよね。

このままじゃ、また魔力切れでぶっ倒れるわ〉

〈そうじゃな。レベルは上げるに越したことはないのじゃ。ワシも強くなれるしの〉

ということで、いいだけ昼寝して、夜になってから魔の森まで行ってみることにした。

気配遮断と隠密の組み合わせは、母さまには通用しなくても、ここでは無敵なのよ。

と思ったら、ルーチェに気付かれた。なんて勘がいい小僧なんだろう。

「おい、おまえあやしいじょ。どこへいくんだよ」

「ちょっとね、るーちぇはついてこないで」

「ずるいじょ、おれもつれていけ！」

「主、面白そうじゃ。こやつも連れて行ってやるのじゃ」

「しかたないでしゅねぇ。ついてこられなかったらおいていきましゅよ」

「るーちぇさまをなめるなよ！」

なぜかルーチェまでついてきてしまったけど、意外なことにルーチェは里のことをよく知っていて、足手まといどころかなかなか頼りになった。

「じるはもりにいきたいのか？」

「そうでしゅ。いけましゅか？」

「じゃあ、おれのきちにつれていってやる。ないしょだじょ？」

ルーチェは子供にしか通れない隙間《すきま》やら穴を利用して、訓練生になりたての子供たちが詰めている1ノ砦《とりで》に潜入した。

そして防護壁の外周にある、子供が2～3人潜めそうな窪《くぼ》みに案内してくれた。

「どうだ、みたか！　これからはるーちぇさまとよべ！」

「ぜったいやでしゅ！」

不思議な子だなぁ。しかもルーチェには解析が効かないんだよね。暗黒属性だからなのかな。

さてと、ここまで来たのはいいけど、森へ踏み込むのは自殺行為よね。

ルーチェはオネムのようで、いつの間にか寝息をたてている。ほんと、子供よね。

ワタシは知力の数値が高いから、魔法の命中率は100％に近い。

魔眼の暗視効果のおかげで、夜でも視界はバッチリだから狙撃はできる。

でも、もっとこう積極的に魔物を狩る方法を考えなくちゃ、効率が悪いわよねぇ。

集中すると森の中がざわついているのを感じる。姿は見えないけれど何かがいるのはわかる。

《気配感知を習得しました》

へぇ、これが気配感知かぁ。

手に取るようにとまではいかないけれど、森の様子がだいぶわかるようになってきた。

夜の魔の森は怖いはずなのに、攻守が逆転しただけで、全《まった》く違う印象なのよね。

ワタシの妄想が炸裂《さくれつ》する。

要は、オーラを伸ばして森に送り込めばいいわけよ。

でも、ただ伸ばしただけでは維持が難しいのはわかっている。

オーラを球にしてみたら維持しやすいことに気が付いた。まるでドローンみたいだ。

うん、これならうまくいきそうだ。大きさは20センチくらいが形を維持しやすいわね。

オーラで作ったドローンを送り出してみる。

ドローンを維持することに集中すると、接続は勝手に維持されるみたいだ。

でも、これじゃあ触れなければ何もわからないか。

ワタシはドローンを引き寄せて、眼を付けてみた。

サーモグラフィ映像みたいで、イマイチ解像度が悪いけど、とりあえず成功かな。

どうせだから、耳と鼻と口も付けちゃえ。

音と匂《にお》いが感じられるようになって、ドローンの口を通して呼吸までできてしまった。

なんかキモ可愛いわね。これって何かのスキルなのかな。

〈我が主は器用じゃな〉

〈うん。なんかできちゃった〉

〈これなら主の匂いで魔物をおびき寄せることができるのじゃ〉

〈ねえ、ワタシって、そんなに匂いがきついわけ？〉

〈なんじゃ主、匂いのこととなると食いつくのじゃな〉
まあいいや。確かにこれなら匂いでおびき寄せることができるかもしれないんだし。
早速やってみようか。あはは、視える、視える。
ちょっと複雑な気持ちだけど、ワタシの匂いに釣られてきたのか1体の魔物が近づいてきた。
ドローンだと解析が使えないみたいだけど、シルエットが猫っぽい。
猫の狭い額を狙って極小に絞ったソルレーザーを撃つ。
ワタシが潜む防護壁からもストロボのような強い光が見えた。
魔物の命を奪った途端、何かが流れ込んできて一瞬クラッと来る。
《レベルアップしました》《レベルアップしました》《レベルアップしました》
うざいなこれ。レベルアップのアナウンスは切っておくことにしよう。
《暗殺術ＬＶ1忍び寄りを習得しました》
《暗殺術ＬＶ2情報収集を習得しました》
《暗殺術ＬＶ3不意打ちを習得しました》
《暗殺術ＬＶ4急所撃ちを習得しました》
《暗殺術ＬＶ8盗聴を習得しました》
《暗殺術ＬＶ9盗視を習得しました》
《暗殺術ＬＶ10遠殺を習得しました》

《補助魔法LV1呼吸補助を習得しました》
げっ、なにこれ、コワッ！
まあ、今のは暗殺だったし、全部実行したような気もするけど。
とにかく斃《たお》した魔物を収納した。
《暗殺術LV5証拠隠滅を習得しました》
まっ、まあね、その通りだわ。
《暗殺術がMAXになったことにより、職業が暗殺聖女になりました》
いや〜ん、聖女だけの方がよかったのにぃ！
〈ほう。なかなか粋《いき》な職業じゃの。カッコいいのじゃ〉
〈そうかなぁ、確かにダークヒロインっぽくて、ちょっとイカすかもしれないけど。
あれぇ？　エレボスもワタシのメニューが視えるんだっけ？〉
〈当たり前じゃ。ワシと主は一心同体じゃからな。
といっても、視ることができるようになったのは今じゃけど〉
〈レベルが上がったからってこと？〉
〈そういうことじゃろうな。レベルが上がれば力も強くなるのじゃ〉
監視塔の方が騒がしくなってきた。
きっとソルレーザーの光を見られたせいだ。

今日のところは一旦引き上げた方がよさそうね。

「るーちぇ、おきるでしゅ」

「んがが、まだねむいじょ」

「かえりましゅ。おいていきましゅよ」

教会に戻ったら、ルーチェはまたすぐに眠ってしまったので、今晩の検証を始める。

1体しか斃していないのに、ワタシのレベルが3まで上がっていた。

魔物を殺した時に流れ込んできた何かは、ゲームだと経験値と呼んでいるものだろうけど、そう単純なものじゃないんだよね。

斃した個体の強さを測るために、存在率という概念《がいねん》を考え出してみた。

経験や強さ、魔力や生命力、その個体を生き延びさせてきた全ての力を存在値とすると、生き残った個体は存在値を糧《かて》にして存在率が増していくというわけね。

ワタシがレベル0でもステータスが上昇したのは、神素との同化が存在率を上昇させていたということになる。

そこまではいいのよ。問題は存在値以外に吸収したものがヤバいってこと。

ちょっとナメてたわ。

ワタシは存在値と一緒に魔物の魂を吸収してしまった。

いや、そんな生易しい感覚じゃない。

魂を吸収したというより、喰らったと表現した方がいいくらいだ。

喰らわれていく魂の断末魔《だんまつま》を今も覚えている。

ワタシはそれを美味《おい》しいと感じて、快感すら覚えてしまったのよ。

〈主、何か悩んでおるのか？〉

〈うん、ちょっとショックだったことがあってさ〉

〈主、もしかして、魂のことではないか？〉

〈よくわかったわね。そうなのよ。

ワタシって、殺した相手の魂を糧にしちゃってるみたいなの〉

〈ふむ、やはりそうじゃったか〉

〈まるでエレボスはワタシが魂を糧にしちゃうことを知っていたみたいね〉

〈我が主よ。魂を糧にするのなら、主は正真正銘《しょうしんしょうめい》の神魔族じゃ〉

〈えっ、なんで？〉

〈よく考えてみよ。魂を糧にできるのは魂だけなのじゃ。

いちいち気にせぬ事じゃ。神魔族とはそういうものなのじゃから〉

〈そういうことか。魔神が神魔族を恐れる理由がわかった気がするわ〉

〈そうじゃな。魂を喰われてしまっては、転生することも、魂の安らぎを得ることもできぬのじゃからな。そこで終わりじゃ〉

〈でも、なんかスッキリしたよ。異常なことなんだと思ってた〉

〈神魔族は古い種族じゃ。きっと神魔族ゆえの役目があったんじゃろう〉

〈そうね、さすが年の功。エレボスの言うことは重みが違うわね〉

〈なんじゃ。主に褒《ほ》められると、照れるのじゃ。

ワシ、もしかして褒められて伸びるタイプかも〉

〈ねえ、前から思ってたけど、エレボスってワタシの知識を共有してる？〉

〈もちろんじゃ。そうしないとジェネレーションギャップが埋まらないのじゃ〉

〈アハハッ！　そうなんだ、やっぱりね〉

〈じゃが主、これからは気を付けなければならぬぞ。

この世界に魔神はおらぬが、悪神はおるのじゃから。

奴らは神魔族が復活することを極端に恐れておるのじゃ〉

〈アッテンボローは何で放っておくの？〉

〈あやつは、たぶん神界におる。下手《へた》に襲して目を付けられても困ると思って放っておいているのじゃろう。主は力をつけるまで見つからぬようにするのじゃ〉

〈うん、わかった。ワタシ、強くなるよ！〉

〈ワシ決めた。主を唯一無二の主と定めることにしたのじゃ〉

〈それってどういうこと？〉

〈文字通りじゃが？　主という存在が消えれば、ワシも消える。それだけじゃ〉

〈ちょっとぉ、早まらないでよ〉

〈勘違いしないでほしいのじゃ。これはワシの決意じゃ。

実際今言った通りにはなるのじゃが、ワシが主を強くするのじゃから心配はいらんのじゃ〉

〈そう言ってくれるのは嬉しいんだけどさ、どうしてそこまでしてくれるの？〉

〈前に話したであろう？　ワシは永く生きすぎた。これでいいのじゃ。

じゃから主、おでこにチューをしてほしいのじゃ〉

〈そう、わかったわ。ワタシは死なないように努力するよ。

一緒に強くなろうね、エレボス！〉

〈望むところじゃ、我が主よ〉

エレボスの額にキスをしてあげたら、温かいものが流れ込んできた。

契約には第2段階があったんだね。

それにしても、魂を喰らう暗殺聖女って、厨二臭《ちゅうにしゅう》がハンパないっす。

姓名：ジル・ハイランダー　種族：神魔族　性別：女　年齢：3歳　レベル：3（0）
状態：良好　職業：暗殺聖女（NEW）　加護：転生神　祝福：エレボス
ギフト：解析　魔眼　完全言語　完全識字　思念話　偽装　称号：ハイランドの聖女

固有能力：妄想　最適化　並列思考　森羅万象《しんらばんしょう》　魔導錬成　状態異常無効　再生
生命力４００（２２０）　魔力４８０（３００）　攻撃力１２５（80）
防御力１２５（85）　敏捷《びんしょう》１５０（１１０）　知力５２５（４５５）　運16（15）
スキル：魔力感知　精密魔力操作　魔素錬成　気配遮断　隠密　命中　五感強化（ＮＥＷ）
気配感知（ＮＥＷ）　暗黒魔法ＬＶ１（ＮＥＷ）　闇魔法ＭＡＸ　光魔法ＬＶ10
混沌《こんとん》魔法ＬＶ１（ＮＥＷ）　重力魔法ＬＶ１（ＮＥＷ）　時空魔法ＬＶ３　次元魔法ＬＶ８
補助魔法ＬＶ１（ＮＥＷ）　暗殺術ＭＡＸ（ＮＥＷ）

5 ワタシってなんなの？……………………

アテンボロス教会に来てから、半年が過ぎた。

レベルを上げて、ブイブイ言わせようと思っていたんだけど、魂を喰らった感覚がなんとなく怖くてあれ以来魔物を狩っていない。

だから毎日せっせと治療を手伝っているってわけね。

といっても全部ワタシが治療しているようなもので、エリアヒールとエリアキュアの重ね掛けを1発ぶちかましたら終わってしまうのよ。

上がったレベルはたったの3だったけど、治癒《ちゆ》魔法で魔力が枯渇《こかつ》することはなくなった。

アスガ神父とマリスにはありがたがられるし、ここに来る人たちだけでなく、その辺を歩いていても、聖女様と呼ばれるようになってしまった。

中にはワタシを拝む人までいるんだから、リアクションに困るのよね。

治療がひと段落付いたら、ルーチェに格闘技と魔法を教えるのが日課になっている。

ルーチェはガキだけど侮《あなど》れない。ワタシには及ばないけど、闇魔法と光魔法を覚えるのが早い。

その後、いつものように教会の書物を読んでいたら、30歳くらいの女性が駆け込んできた。

「主人が！　主人が大変なんです！　すぐ来てください、お願いします！」

かなり取り乱しているので、アスガ神父はとりあえず行ってみることにしたらしい。

ワタシとルーチェも黙って後をついていった。

「おい！、そっちをもっと持ち上げろ！　早くしないと死んじまうぞ！」

どうやら誰かが木材の下敷きになっているらしい。

こりゃ大変だ。上手《うま》くやらないと、残りが崩れそう。

「これはいったいどうしたというんです？」

「主人が、木材の下敷きになってしまったの」

「もしかして、下敷きになっているのはハンス殿か？」

「そうです。早くしないと主人が死んじゃいます」

ドローンを送ってみたら、出血もしていてかなり危ない。

「しんぷさまぁ、わたし、てつだう！」

「手伝うって言っても、まずはこの木材をどけないと」

ワタシはまず、重力魔法の重量軽減を発動し、木材を軽くした。

「おい、急に軽くなったぞ！　よし、今のうちだ」

ワタシもダークハンドで材木をどけていく。

「おげっ、なんだ、この気持ち悪い色のでっかい手は！　あれっ、もしかして聖女様？」

「みんな！　聖女様が来てくださったぞ！　急げ！」

「よーし、安全な所に運び出せ！　うわっ、手が千切《ちぎ》れてやがる」

ハンスと呼ばれた男の右腕を拾ってやったけど、見た目はグチャグチャだ。

でもまだ温かいから、くっつくかもしれない。

「神父様、主人をお救いください。右手は主人の利《き》き腕なんです！」

「奥さん、ご主人の命を救うことはできます。

しかし、私では命を助けてあげられても腕をつなげることはできないのです」

「何とかなりませんか？」

「わたしがやる！」

「ジルさん、大丈夫ですか？　これは普通のヒールでは無理ですよ？」

「あなたは聖女様と言われている子ですね。お任せします。主人を助けてください」

「はい、なんとかやってみるです」

まずはキュアで消毒する。これは基本だ。

ヒールを発動寸前で止めて変化が起こるまで魔力を込め続けた。

これ以上込められないところまで魔力を込めてから、更に圧縮するようにイメージする。

ワタシが込めたヒールの光が身体《からだ》を包み込んだので、千切れた腕を押し当てる。

やがて粉砕《ふんさい》されている部分の修復が始まり、段々と元の形をとり戻してきた。

取り巻いていた人たちのざわめきが聞こえてくるけれど、集中しているので気にならない。

外側の修復を先に終わらせ出血は止めた。でも肝心《かんじん》の内部はまだよ。

砕《くだ》けた骨が寄り集まってきて、腱《けん》と筋肉が復元されていく。

外から見ると皮膚《ひふ》がボコボコと波打っているように見える。

もう少しだ。もっと魔力を込めなきゃ。

修復された血管に血が通いだし、少しずつ足りない細胞が魔素と共に運ばれてくる。

最後に神経がつながって完治を確認した。

よし、できた！　これじゃあ、まるで手術ね。

「ふ～、なおりましたぁ！」

「「「おおぉ～～～～！」」」

周囲から歓声が上がった。

「これは凄《すご》い！　こんなに見事な治療は初めて見ました。

ジルさん、貴女《あなた》って子は、本物の聖女ですね」

ふふふ、暗殺聖女だけどね。

《光魔法：ＬＶ10　エリクスヒールを習得しました》

おっと、これが本来のＬＶ10なのか。

「ありがとうございます！　ありがとうございます！　御恩は一生忘れません！」

奥さんは私の手をとって号泣していた。

「ちをふやせなかったから、えいようのあるものを、たくさんたべさせてあげて」

「ありがとうね！　あなたはなんていうお名前なの？」

「じるです」

「ジル様、私たちはここで鍛冶屋《かじや》をやっています。お礼がしたいので、今度来てください」

3日後、ハンスさんの店に行ってみた。ルーチェが当たり前のようについてくる。

アスガ神父によると、騎士たちの装備を一手に手掛けている凄腕《すごうで》の鍛冶師らしい。

店の間口はこぢんまりとしてみすぼらしいけれど、店内は広々としていて、武器や装備品のほか、衣類や雑貨品まで売っていた。

ワタシから挨拶《あいさつ》をした方が良いのか迷っていると、ハンスさんの方から声をかけてくれた。

すっかり元気になっているようで、よかった。

「これはこれは、小さなお姫様。それから教会のルーチェ君だっけ？　いらっしゃいませ」

「こんにちは。じる・はいらんだーです。うでのちょうしはいかがですか？」

「あなたが私の腕を治してくれた聖女様ですか？　しかもハイランダー姓とは。

ジルちゃん、いやジル様の御父母は、棟梁《とうりょう》様とジラシャンドラ様ではないですか？」

「はい、そうです」

「いやぁ、さすがは血筋が違う。この度《たび》は、私のケガを治して頂きありがとうございました。何かお礼をしたいのですが、私の利き腕を救ってくださったのですから、並みの御恩ではありません。何か欲しいものはありませんか？」

「でも、わたしはおかねをもっていませんよ。かあさまがにんむにでているあいだ、きょうかいにあずけられているんです」

「そんな、お金のことは気にしなくてよいのです。好きなものを持って行ってください」

う～ん、ほしいものはいっぱいあるけど、ただっていうのもなんか悪いわね。

あっ、そうだ。前に斃《たお》した魔物を置いていこう。少しは足しになるかもしれないわよね。

「あの、ほしいものがあるのですが、これをかいとってくれませんか？」

ワタシは、カウンター前の床に猫の魔物を出した。

けっこうデカくて、ルーチェがドン引きしている。

「えっ、これはソードタイガーじゃないですか！　これをジル様が狩ったのですか？」

「はい、そうです。あまりいいものじゃないのですか？」

「いえいえ、これは希少種ですから、素材としては高級です。金貨10枚で引き取ります」

お金の価値がイマイチわからないけど、そこそこの価値はあったらしい。

ワタシは店中を見て回り、大きめのダガー3本と切れ味の良いナイフを2本選んだ。

「はんすさん、このないふはたかいですか？」

このナイフ5本で金貨5枚でいいですよ。ジル様は目利きですね。

このナイフの素材は、全て希少金属のミスリルです」

おお、ミスリル、やっぱりあるんだね。

「あの、そんなにこうかなもの、このきんがくでいいのですか？」

「もちろんです。命の恩人ですから、いずれ装備一式作らせてもらおうと思っています」

「ありがとうございます。またきますね」

ナイフを多めに買ったのはルーチェに渡すためで、ダガー2本とナイフ1本をあげると案《あん》の定《じょう》大喜びだった。

「じる、おまえいいやつだな。おれ、つよくなっておまえをまもるよ！」

「るーちぇなんか、あしでまといよ。わたしにぜんぜんかてないじゃないのさ」

「じる、おまえいやなやつだな。おれ、つよくなっておまえをぶっとばす」

「そうおもうんだったらつよくなんなよ。きしになるんでしょ？」

この日から、ワタシとルーチェは武器を使った組手が日課になった。

ルーチェはダガー二刀流の遣い手になり、無詠唱《むえいしょう》まで覚えてしまった。

ルーチェをけなしはしたけど、魔法と格闘の筋はいいのよね。かなり強くなると思う。

カンカンカンカンカンカンカンカン！

あっ、魔物警報だ！　今までこんなに早い打ち方は聞いたことがない。

「ジルさん！　裏門へ行きますよ。今日はケガ人がたくさん出ると思います。

マリスとルーチェは教会にいてください」

アスガ神父と一緒に裏門に到着すると、なんだか地鳴りのような振動と、何とも言えないザワザワとした気配を感じた。

大きな魔物がやってくるというより、小さな魔物が大量に押し寄せてきている感じだ。

ドローンを飛ばして門の外を視《み》たら、２足歩行の魔物がウジャウジャいた。

これってオーク？　なによこの数、これじゃあ、ケガ人どころか死人が出そう。

大規模魔法の炸裂《さくれつ》する音が聞こえてくる。

待ち構えていた分、準備に時間をかけることができたので威力はまずまずのようね。

オークの先頭集団が引き裂かれて、一気に５００体は斃したかな。

でも、こちらの人員は約２００か。押し寄せるオークは５０００はいそうなのに。

同族の死体を踏み越えて、後続のオークが突っ込んできた。

魔法を撃つ者、剣や槍で応戦する者様々だけれど、どう見てもこちらが劣勢だわ。

ふと見ると、訓練場をフル装備の男が横切っていく。こちらをチラッと見たような気がした。

あれは父さま？　そりゃ出るわよね、里のピンチなんだもの。

裏門から、次々と負傷者が運び込まれては訓練場に寝かされていく。

商店街のおっちゃんたちも駆けつけて、ヒールで治療を始めていた。

治療の方は、アスガ神父もいるし任せてもいいかな。

ダークハンドを使って防護壁の上によじ登ると、そこには阿鼻叫喚《あびきょうかん》の光景が広がっていた。

父さまが死体の山を築いている。凄いな、動きに無駄がないわね。

訓練生たちと自警団は押され気味で、裏門近くまで後退してしまっている。

父さまは孤立しているけれど、死体の山を上手《うま》く遮蔽物《しゃへいぶつ》にして戦っていた。

遠くにひときわ大きなオークがいる。体長が3メートル近くあった。

あれがオークキングかな。あいつを殺せば何とかなるんだろうか。

「我が主よ、ここは主の力を使うところなのじゃ」

「やっぱりそうよね。わたしがぬるかった。あのでかいのからやるわ」

距離は200メートルくらい。狙いどころは首だ。

いくら頑丈なオークキングでも、首を焼き切られれば死ぬわよね。

魔力の枯渇《こかつ》で倒れたら拙《まず》いので、防護壁の上に座り込んだ。

右手を突き出して慎重に威力を調整したソルレーザーを連射する。

肉眼ではっきり見えているので絶対外さない。

チュチュッチュチューン！

まずキングを殺し、周りにいた取り巻きの上位種も殺した。

最弱にしたつもりなんだけど、高温で首が蒸発して頭がもげちゃったよ。

エレボス効果で魔法効率が格段に上がっている。もっと威力を絞《しぼ》らなきゃダメね。

点在しているオークジェネラルとハイオークを狙い撃ちにしていく。

おー、今度は良いな。でも当たると首がもげるのは一緒だ。

皆はあまりの乱戦で、ワタシの援護に気付いていない。

異変を察知した父さまだけが、時々キョロキョロしていた。

まさか防護壁の上からワタシが狙撃しているとは思わないでしょうね。

あっ、父さまが足を切られた。途端に動きが悪くなって、防戦一方になる。

ワタシはドローンを送って、ヒールとキュアを同時掛けして治してあげた。

ついでに、そこら中にいる軽傷者をエリアヒールで治してやるのも忘れない。

「うおっ、いきなり傷が治ったぞ。っておい、みんな、防護壁の上を見てみろ！　聖女様が加勢してくれているぞ！　これなら勝てる！　皆、踏ん張れ～！」

「「「「おぉ～～！」」」」

あっ、盛り返しちゃったよ。

ん～、魔力は足りるけど、なんかワタシがヤバくなってきた。

〈エレボス、けっこうきついよこれ。流れ込んでくる存在値で身体が破裂しそうよ！〉

〈主、頑張るのじゃ！　ハイオークどもを斃してしまえば、オークは総崩れになるのじゃ〉

〈あぁ、エレボスゥ。こんなに魂を糧《かて》にしちゃって大丈夫なの？

汗もかいてきたし、なんか漏《も》れそうな感じなのぉ〉

〈気のせいじゃ、主！　主なら何とかできるはずじゃ！〉

もぉー、人のことだと思ってぇ。でもエレボスの言う通りよね。

結局、重軽傷者をドローンで治療しながら、ハイオークを全部斃してしまったわよ。

烏合《うごう》の衆《しゅう》と化したオークなら何とかなる。

ふと見ると、ちゃっかりルーチェも目立たないところで、オークを殺していた。

へえ、やるもんだねぇ。ダークアローで確実に急所を狙っている。

ワタシが得た存在値は膨大《ぼうだい》だけれど、それよりも何よりも喰らった魂の数がハンパない。

気持ちいいような、悪いような、これって魂酔い？　ダメだ意識を保てない。

ワタシは防護壁の上でぶっ倒れた。


夢を見た。

ここはどこだろう？　ワタシの意志に反して身体が勝手に動いていく。

誰かの夢に入り込んでる感じだ。

なによこれ。龍が5体？　岩場でみんな寝てる。

黒い龍に真っ白の龍。青い龍と赤い龍。そして1番立派な角《つの》が生えた銀色の龍。

夢の主は大人ね。目線が高いもの。

傷ついた龍に、治癒《ちゆ》魔法をかけて癒《いや》している。

光魔法ではないようね。もっと強力な魔法。あっという間に傷が消えていく。

もしかして神聖魔法？　へぇー、発動感覚は共有できるんだ。便利な夢ね。

銀の龍に近づくと、閉じた瞼《まぶた》の上をカリカリ引っかいた。

大きい目が開くと、銀色の瞳孔《どうこう》が収縮する。

龍の大きくて澄んだ瞳に、夢の主の姿が映っていた。

うわぁー、なんて綺麗《きれい》な人なんだろう。

龍の瞳に映っているのは、漆黒《しっこく》の髪に深い銀色の瞳、そして3対《つい》の翼。

翼？　もしかして天使？　ちょっとー、カッコいいじゃん！

この人っていったい誰なんだろう？　これってやっぱり妄想よね。妄想夢ってことか。

意識がフェードアウトしていく。これ以上、この夢の中に留まることはできないらしい。

目が覚めると、胸の上でエレボスが正座していた。なぜ正座？

なんか、ズッシリと重いし。

いつもの自分のベッドで寝てるということは、アスガ神父が運んでくれたということか。

「おはよう、エレボス。ワタシってばどうなったの？」

「やっと目覚めたか、我が主よ。主は2日間ぶっ通しで寝てたんじゃよ。

それにしても、だいぶ会話がマシになったのじゃ、身体が成長したせいじゃろう」

「成長？　ほんとだ、確かにうまく喋《しゃべ》れるようになってるわね。

ねえ、エレボスの身体、鉄っぽくなってるんじゃない？」

「おぉ、気付いてくれたか、主。アイアンボーンじゃ」

「鉄骨ってこと？」

「そう言っては詰まらぬじゃろう」

「あの後、オークはどうなった？」

「人間たちは、オークを撃退したのじゃ。そして気を失った主をここに連れ帰ったのは父上殿じゃったぞ。

父上殿は主をここに寝かせてから、アスガ殿と何やら相談していたようじゃ」

「えっ、父さまが？　やっぱり余計なことをしたのかな」

「なにをいう。主がいたからオークどもを撃退できたのじゃ。ちっパイ胸を張るが良いのじゃ」

「ちっパイは余計よ。あれ、ワタシ、背が10センチくらい伸びてない？」

「じゃから、成長したんじゃよ。主がレベルアップしたおかげでワシも進化できたのじゃ。まずはメニューを確かめてみぃ、色々増えておるのじゃ」

「ほんとだ。色々っていうけど、かなり増えてるわね。重力魔法の重量増加と重力制御、慣性制御が増えてる。ありがとう、エレボス」

「本当は主に聞いてからと思ったのじゃが、あまりに暇だったのでな。主が寝ている間にワシも進化したわけなのじゃが、ワシも結界が使えるようになったのじゃ。これで主を護ることができるのじゃ」

「結界？　それは心強いわねぇ」

それにしても凄《すご》い。レベル30だけど、ステータスが母さまを追い抜きそうだわ。

感知系が増えているのもありがたいけど、体術を習得できたのはうれしい。

エレボスは、ワタシに相談しないで魔法を増やしていたのを気にしていたけど、これでいい。エレボスなりに考えてくれていたのがわかるし、重力魔法は最初からほしかった魔法だ。

腑《ふ》に落ちないのは、光魔法がコンプリートして、神聖魔法が増えていることなのよ。浄化と聖なる癒しを習得したってことは、あの夢の影響なんだと思うけど、なぜあんな夢を見たのか意味が解らないのよね。妄想、恐るべしだわ。

でも、身体が成長したのはラッキーだった。これで少しは戦いやすくなったというものだ。

膨大な存在値を受け止めきれなかった身体が、緊急避難的に成長したということなんだろうけど、これは最適化のおかげだ。

おっと、アスガ神父が近づいてくるのがわかる。レベルが上がって感覚も鋭くなっているんだ。

そういえば、猛烈にお腹が空《す》いているし身体も拭きたいわね。背中が痒《かゆ》くてたまらない。

「やっと起きましたか。心配しましたよ。

寝てる間、身体が光ってました。それにこの急激な成長には驚きましたよ」

「神父様、心配かけました。まずは、あの、お腹が空いて死にそうなんですけど、なにか食べていいですか？　身体も拭きたいです」

「もちろんです。そう思って、たくさん作ってありますよ。

身体は食事の前にマリスに拭かせましょう」

キッチンに行くと、マリスが待っていた。

「ジルちゃん、大きくなって可愛《かわい》くなったわぁ。

さあ、服を脱いで。手の届かないところは私が拭いてあげるから」

あれ、なんか背中で引っかかってる。

「ねえ、マリスねえちゃん、背中に何かある？　服が引っかかるの」

「えぇ～～っ！　ジルちゃんの背中に翼が生えてるー！

大変、お父さん呼んでくるー！　おとーさ～ん！」

「ちょっ、ちょっとー、翼ってなによ！」

あらら、行っちゃった。

「主は翼を生やしたのか？　なかなか似合っておるのじゃ」

「生やしたんじゃなくて、生えたのよ。でも、ほんとに翼なの？」

手で触ってみると、確かに翼らしきものがある。しかも、これって……。

「3対とは、懐かしいのじゃ」

「ああ、やっぱり。ねえ、懐かしいってどういうこと？」

「うむ、前に妖精がいたと話したじゃろう？　翼が3対のがおったのじゃ」

う～ん、夢の主と一緒だ。

身体がこれだけ成長したんだから、翼が生えてきてもおかしくはないよね？

んなわけあるかい！

鏡が見たーい！　でも、訓練生になる時まで見ないって母さまと約束したんだよな。

でも、とっても気になる。後でアスガ神父に頼んでみようかな。

戻ってこないなぁ。仕方ない、たらいに浸《つ》かって、自分でやるか。

タイミング悪く、アスガ神父がやってきた。手に図鑑のようなものを持っている。

「ジルさん、お待たせしました。これを出すのに手間取りました。

ほほう、なるほど。確かに翼が生えています。しかもちゃんと3対揃《そろ》ってる」

「あの～、ワタシこんな格好なんですけどぉ」

「これは、失礼！　いやいや久しぶりに興奮しました。

ああ、勘違いしないでください。ジルさんの裸で興奮したわけではありませんよ。

アテンボロス教団の口伝《くでん》には、３対の翼を持つ女神の伝承があるのです。

秘伝書にも女神の挿絵があるのですよ。ほら、これです」

「ぶはは、これですか？　確かに翼は生えていますけど、これでは鳥人間でしょう」

「絵が下手《へた》なのは仕方ないのです。この書物は神書の写本なのですから。

原書が失われて久しく、模写《もしゃ》を繰り返して伝わったものですから内容も怪しいです。

しかも神代文字なので、これを読める者もいません。

原書はアテンボロス様自らが書いたものだと言われているのですよ」

「神父様、ワタシなら読めるかもしれません。ちょっと待ってください。服を着ます」

「それは本当ですか？　だとしたら大変なことです」

ワタシは母さまが用意しておいてくれたサイズの大きなワンピースを着ると、食事を詰め込みながら、最初から目を通してみた。

「どうですか？　読めそうですか？」

「文字がかなり崩れてしまってますねぇ。読めても断片的です」

「断片的にでも、やはり読めるのですね」

夜までかかっても、本の内容を完全に読み解くことはできなかった。

ハッキリわかったのは、神と魔神が戦争をしているらしいということだけだ。

妄想でも読めない字を読むことはできないよね。あとは、なんとなくだ。

エレボスからそれっぽい話を聞いてなければ、全《まった》くわからなかったかもしれない。

神魔族という単語はよく出てくるけど、意味がつながらなかった。

エレボスが言っていた麗神《れいしん》はテルスという名で、挿絵は麗神テルスの姿なんだよね。

テルスは魔神との戦いで行方《ゆくえ》知れずになったのか。

最後に残ったのはテルスに創られたアッテンボローという龍神化した眷属《けんぞく》龍のみだった。

この世界をテルスと名付けたのはアッテンボローだ。

神魔族を復活させることができなかったので、神魔族の因子を持った人間を創ったのね。

どこかに存在するはずの、テルスの魂が転生できるように。

う〜ん。ということは、夢の主はテルスってこと？

でも、なぜテルスの夢をワタシが見るんだろう。

もしかして、ワタシがテルス？　いやいや、そんなアホなぁ！

深夜にアスガ神父と話をした。

「なるほど。アテンボロス様は、アッテンボロー様とお呼びするのが正式なわけですね？」

「そうです。秘伝書に書いてある文字ではそう読めます。

それに、エレボスと行動を共にしていた時期があって、本人もそう名乗っていたそうです」

「先ほどの口伝の件ですが、今のお話に出てきた神魔族と麗神テルス様に関することです。

アッテンボロー様は、ごく稀《まれ》に現れます。何十年か何百年かに一度。

そして、こう尋ねられるのです。３対の翼を持つ者を知らぬか？　と。

アッテンボロー様はテルス様を探しておられるのですよ。気の遠くなるほど昔から」

「もしかしてワタシがそうだと？」

「ジルさん。いや、ジル様。お尋ねしますが、ジル様は神魔族ではないのですか？

黒髪に、銀の瞳は神魔族の特徴なのです。

棟梁《とうりよう》様が、黒髪の者を集めているのもそのためだそうです。

知られていませんが、稀に神魔族に近い者が生まれるのですよ。

ルーチェ君もそうです。

ジル様のお話にあった通り、アッテンボロー様がそのように我らを創ったからでしょう。

棟梁様とジラシャンドラ様は、神魔族ではないとはいえ、その特徴にかなり近いですから、
そのお２人からなら、完全な神魔族が生まれてもおかしくないと思うのです」

「秘密にしてもらえますか?」

「もちろんですとも。やはりそうなのですか?」

「はい。その通りです。ですが、母さまから秘密にしなさいと言われていました」

「やはりそうでしたか。

ジル様のお力は尋常《じんじょう》じゃありませんから、もしやとは思っていました。

私は貴女《あなた》こそが、アッテンボロー様が探し求める、麗神テルス様の生まれ変わりなのだと思います」

「ワタシ、麗神テルスの記憶を持っているわけじゃないですよ?」

「しかし、そう思うのには訳があります。3対の翼を持っていたのはテルス様だけなのです。

神魔族に翼を持つ者はおりません。神魔族の中でもテルス様は特別な存在だったのです。

だから、神化できたのだと思います」

「神父様。ワタシに鏡を見せてくれませんか? これも母さまからダメだと言われているのですが、自分の姿を確かめずにはいられません」

「いいでしょう。ここまで来たら些細《ささい》なことです。ジラシャンドラ様に言われて隠していましたが、礼拝堂に大鏡がありますから、ご自身の姿をお確かめになるがよろしいでしょう」

暗い礼拝堂に1人で来た。魔眼を持っているから、暗さに意味はない。

布で覆《おお》われていた場所は知っていたけれど、まさか鏡だったとは思っていなかったわね。

服を脱いでから、ダークハンドで布を取り外した。

自分の姿を見るだけなのに、緊張感がハンパないよ。

ゆっくりと鏡に顔を向ける。鏡の中の自分を見て驚愕《きょうがく》した。

これがワタシ？　これではまるで、夢の主ではないか。

こんな綺麗な姿の子供がいるわけがない。

だけどこれは妄想ではない。現実なのよね。あの夢も妄想ではなかったのかもしれない。

夢の主が麗神テルスなのだとしたら、銀の龍がアッテンボローだったのかな。

なんだか転生神とアッテンボローが同一存在のような気がしてきた。

「エレボス？　さっきの話、どう思った？」

「ふむ。ワシはあながち間違ってはおらんと思うのじゃ。

　主が神化すれば、麗神となるじゃろうな」

「ワタシが神ねぇ、そんなことがあり得るのかな」

「追い追いわかるのじゃ、我が主。今は強くなることだけを考えるのじゃ」

姓名：ジル・ハイランダー　種族：神魔族　性別：女　年齢：3歳　レベル：30（3）
状態：頑健（良好）　職業：暗殺聖女　加護：転生神　祝福：エレボス
ギフト：解析　魔眼　完全言語　完全識字　思念話　偽装　称号：ハイランドの聖女

固有能力：妄想　最適化　並列思考　森羅万象《しんらばんしょう》　魔導錬成　状態異常無効　高速再生（ＮＥＷ）
生命力５０００（４００）　魔力６０００（４８０）　攻撃力１５００（１２５）
防御力１５００（１２５）　敏捷《びんしょう》１０００（１５０）　知力７００（５２５）　運20（16）
スキル：高速演算（ＮＥＷ）　精密魔力操作　魔素錬成　魔力感知　気配感知
存在感知（ＮＥＷ）　索敵（ＮＥＷ）　気配遮断　隠密　五感強化　命中　体術（ＮＥＷ）
闇魔法ＭＡＸ　暗黒魔法ＬＶ１　神聖魔法ＬＶ２　光魔法ＭＡＸ　重力魔法ＬＶ５　混沌《こんとん》魔法
ＬＶ１　時空魔法ＬＶ３　次元魔法ＬＶ８　補助魔法ＬＶ１
暗殺術ＭＡＸ　精霊魔法：エレボス（固有魔法：結界）

⑥ 深淵ノ砦へいく……………………

あれ以来アスガ神父とマリスが、ワタシのことをジル様と呼ぶようになってしまったのよね。

翼を隠せるように、アテンボロス教団のローブをくれたのはちょっと嬉しかった。

もちろん子供用で、かなり地味だけれど、これなら目立たない。

ルーチェは、ワタシが急激に成長したものだから、悔《くや》しくて仕方ないらしい。

いつものように治療をしていたら、突然父さまがやってきた。

父さまの無表情っぽい顔は、何を考えているかわからないところがあるから怖いのよね。

ワタシが最初に思ったのは、ああ、怒られるんだろうなぁ、だ。

「これは、棟梁様、良くいらっしゃいました」

「うむ。アスガよ、今まで無理をさせてすまなかったな」

「何をおっしゃいます。ジル様にお仕えできて、光栄でした」

今まで1度も口をきいたことがなかったから、なんて挨拶《あいさつ》をしたらいいのかわからなかった。

父さまの顔がワタシの方へ向いたとき、思わず謝ってしまったよ。

「ごめんなさい！」

「ジルよ、私はお前の父である。何を謝っている？

今日はお前を迎えに来たのだ。今日からお前は館に住むことになる」

へっ？　オークのときに余計なことをしたから、てっきり怒られるかと思ってた。

良いも悪いも、断れるわけがない。

「はい、いう通りにします。えっと、父さま？」

「お前の行動を制限するものではないから、今まで通り外出してよい。

ジルの意志でここに来るのは自由だ。では、ついてまいれ」

騎士の棟梁とは、こういうものなのか。強引で隙《すき》がないな。

アスガ神父とマリス、ルーチェに急いで別れの挨拶をすると、父さまについていった。

父さまはなんて無口なんだろう。さっきから一言もしゃべらない。

でもゆっくり歩いてくれているのはわかった。


広々とした執務室だった。

無骨な外観の館の中にしては洗練された雰囲気《ふんいき》がにじみ出ていて、暖かな印象のいい部屋だと思った。

暖かな印象を感じさせるのは大きくとった窓から差し込む光と、大きな執務机の背後に飾られた壁一面のタペストリーのせいだろうな。

ハイランドの騎士の象徴である太陽をモチーフにした紋章と、縁に表現された騎士の活躍が精緻《せいち》に描かれた立派なものだ。

ソファーに向かい合って座ったのはいいけど、見つめられっぱなしでなんだか居心地が悪い。

もしかしたら解析されているのかもしれないけど、偽装をかけるのを忘れていたわ。

父さまの身体《からだ》からはコロナのように燃え盛る闇属性のオーラが立ち上《のぼ》っていた。

「ジル、この間のオーク迎撃戦のおり、私を助けてくれたであろう？

あれは、助かった。礼を言う。皆が、お前のことを聖女だと言っていたな。

正直、お前がいなかったら、大変なことになっていたのかもしれぬ」

「何かお手伝いをと思いまして、つい出過ぎたことをしてしまいました」

「それで謝っていたのか？　いや、気にするな。あれでいい」

「父さま？　ワタシ、嫌われているのかと思ってました」

「ふむ。そう思われても仕方ないか。私は子らを死地に送らねばならぬから、こうするほかないのだ。嫌っているわけではない」

「大丈夫です。ワタシは必ず生き残るつもりです」

「ジラシャンドラに鍛えられていたな。見ていて少し羨《うらや》ましかったぞ。

それは良いとして、オークのとき、お前は防護壁の上で何をしていたのだ」

「はい、それが、そのぉ、オークの上位種を狙撃してました」

「やはりお前であったか。オークキング以下の上位種が、同じ魔法で斃《たお》されていた。しかも全《すべ》ての死体から首が離れていた。とても正確な一撃であったのがわかる。いったいどのような魔法を使ったのだ？」

「光魔法のソルレーザーという魔法を使いました」

「光魔法に攻撃魔法は存在せぬはずなのだがな。しかし実際それが使われたのならば、間違いないということか」

「ちと、たずねるのじゃが、我が主を、尋問しているのかの？」

「ほう、ジルの闇精霊殿か。これはなかなかの風格だ」

「はい、エレボスと名付けました。エレボス？　父さまにご挨拶を」

「エレボスじゃ。我が主の父上殿よ」

「エレボス殿か。お初にお目にかかる。ジルの事、よろしく頼む」

「わかっておる、任せよ。しかし、ワシはお主に会うのは初めてではないのじゃ。ベガリット殿よ。確かそういう名じゃったな」

「ほう、その姿はもしやあの時の？」

「そうじゃ、お主がまだ若いころの事じゃったな。あの洟垂《はなた》れが立派になったものじゃ」

「エレボス、父さまを知っていたの？」

「当時の父上殿は、ワシと契約したくて戦いを挑んできたのじゃ。まあ、軽く捻《ひね》ってやったのじゃがな」

「その話は恥ずかしくも懐かしいが、今は止そう。ジルよ、エレボス殿と契約しているということでいいのか？」

「はい、父さま、契約しています」

「エレボス殿、間違いはないのか？」

「父上殿よ、間違いないのじゃ。唯一無二の誓いもしたのじゃ」

「う～む、信じられぬ。エレボス殿ほどの精霊に唯一無二を誓わせるとは」

「我が主は特別なのじゃ」

「いろいろ聞いて済まぬが、出会いを教えてくれるかな？　ジルはこの里を出たことがないはずだが」

「ふむ、それはワシにも説明がつけられぬ不思議な感覚じゃった。どうにも気になる気配を感じてな、確かめるために遥々《はるばる》やってきたのじゃ。契約は、ワシからお願いしたのじゃ。我が主と契約できた幸運を噛《か》みしめているところじゃよ」

「なんとも信じられない話だが、精霊は嘘をつかないから本当の事なのであろうな」

「ワタシもエレボスと契約できて幸せです」

「それはそうと、単刀直入《たんとうちょくにゅう》に聞くが、ジルは神魔族であろう？」

「えっと、はい、そうです」

「心配はいらぬ。最初から気付いていたのだから。

我が棟梁《とうりょう》家は神魔族を生み出すためにあるといっていい。

神魔族の特徴を受け継ぐ者と、強くなる素質を持つ者をふるいにかけているのだ。

ハイランドの騎士が強いのはそのためだ。知られてはおらぬがな。

お前の母も神魔族の特徴を濃く受け継いでいる。私もだ。

実は教団とも通じている。お前を教会に預けたのは偶然ではないのだ。

ルーチェといったか。あの子は戦争孤児でな、教会に預けて育てさせているのだ」

「確かにルーチェは特別です。強くなるでしょう。ですが、困ったことになりました」

「どうしたというのだ。言ってみなさい」

「あの、それがぁ、翼が生えてきちゃったんです」

「それで教団のローブを着ているのか。どれ、見せてみよ」

ローブを脱いで、父さまに背中を向けて翼を見せた。

ワンピースの背中は翼が邪魔にならないように切り取ってある。

「なるほど、確かに翼であるな。しかも3対《つい》とは珍しいことよ。なぜ困るのだ？」

「目立つと、神魔族の復活を恐れている悪神に狙われるのです」

「ほう、悪神とな。やはりいるのか？」

「エレボスから聞いた話では、この世界にもいるとのことです」

「ならば、強くなるしかあるまい。いずれお前は魔の森に入る。それまでは隠すがいい。それはそうと、光魔法の攻撃魔法とやらを1度見せてもらってもよいか？　私の血を濃く受け継いだ、お前の力を見せてほしい」

「はい、父さま。お見せします」

　ワタシたちは館の訓練場へ移動した。

　魔法試射用の的《まと》が大量に設置され、背後の土壁も厚く強力な魔法にも耐えそうだ。

「では父さま、始めます。ワタシより前に出ないでくださいね」

　ワタシは無詠唱《むえいしょう》で3割程度に抑えた威力のソルレーザーを3連射した。

　ピチュチュ～ンとSFチックな発動音がしたと思ったと同時に的は消滅していた。

　周辺に強いオゾン臭が充満していて、土壁から水蒸気が上がっている。

　水分が飛んで水蒸気がおさまると、的があった後ろの土壁には直径30センチほどの綺麗《きれい》な丸穴が3つ開いており、丸穴を囲むように溶けた部分がオレンジ色に光っていた。

　近くまで行こうと思っても、熱くて近づけないほどだった。

　前に撃った時よりもだいぶ威力が上がっている。

　ワタシの魔法発動効率はとんでもなく成長したらしい。

「ジルよ、見事だ！　素晴らしかったぞ！　フハハハハ、しかも無詠唱とはな。エレボス殿が気に入るのも当然のことだな」

父さまが子供のように目を輝かせ、喜んでいる。

「我が主なのじゃから当然じゃな」

4歳になった。

ワタシは父さまに気に入られたらしく、あれ以来、稽古《けいこ》をつけてもらっている。

父さまにお願いして、途中からルーチェも一緒に鍛えてもらえることになった。

父さまとの修業は地獄だったけど、得るものは多い。

魔物の迎撃もワタシとルーチェの担当にしてもらったので、レベルとステータスも上がり続けていた。

神魔族の瞳を隠そうと思ったものの、色々試しても視界が妨げられるので、顔の下半分が隠れるマスクをつけている。ハンスさんに特注した逸品だ。

教団のローブと組み合わせたら、超不気味な小人魔導士になるけど仕方ない。

ワタシの凄《すさ》まじい活躍と、顔を隠すことで神秘性が増してしまったためか、どこへ行っても拝まれるようになってしまった。ルーチェは付き人扱いされてブーブー言っているけど。

父さまの解析に成功したのは最近で、思った通り解析を持っていた。

姓名：ベガリット・ハイランダー　種族：人族　性別：男　年齢：２０９歳
レベル：１２１　状態：不老　職業：ハイランドの騎士　祝福：デザルゴ
称号：ビーストデストロイヤー・闇の勇者・聖なる魔王・無冠の英雄
固有能力：解析　常在戦場　戦士の心得　状態異常耐性　反射防衛　不屈
生命力１２５００　魔力８０００　攻撃力３２００　防御力２８００　敏捷《びんしょう》１２００
知力４５０　運22
スキル：魔力感知　魔力操作　体術　気配察知　気配遮断　索敵　嗅覚感知
振動感知　五感強化　必中　闇魔法ＭＡＸ　暗黒魔法ＭＡＸ　光魔法ＭＡＸ
時空魔法ＭＡＸ　風魔法ＭＡＸ　雷魔法ＭＡＸ　重力魔法ＭＡＸ　重量軽減・重量増加・重力
制御・慣性制御・反重力・グラビド・重力錬成剣術ＭＡＸ　威圧ＭＡＸ
精霊魔法：デザルゴ（固有魔法：暗黒錬成）

神魔族の因子が濃いからなのだろうけど、父さまは不老だ。年齢は２００歳を超えている。

父さまの教え方は容赦《ようしゃ》がない。習得の早道が実際に体験することだからだ。

威圧も暗黒魔法も、死ぬ思いで習得した。

重力魔法を習得するのは大変で、最後の重力錬成まで覚えられたのは奇跡だ。

父さまも、ワタシの覚えが早いので、教え甲斐《がい》があるらしい。

アンデッドを作る暗黒魔法のネクロマンシアとデスは習得できなかったので、そのうちエレボスから教えてもらうことにする。

神聖魔法もエリア浄化と癒《いや》しの聖域が使えるようになって、治療もあっという間に終わる。

格闘術の訓練で、ワタシとルーチェは毎日コテンパンになった。

自主鍛錬のときにはワタシがルーチェをコテンパンにする。

父さまと契約している闇精霊のデザルゴは、魔の森に行ったっきりで滅多《めった》に戻ってこない。

見た目は落ち武者ゾンビで、エレボスもこの姿になるまでに経験したとのことだ。

なんやかんやいって、ワタシの毎日は充実しているのよね。


毎年春になると、騎士の訓練を受けるために、子供たちがやってくる。

今年は100人くらいかな。やっぱり黒髪が多い。

ワタシも、砦《とりで》に入るのかなと思っていたら、どうもそんな雰囲気《ふんいき》じゃないんだよね。

確かに、ワタシと普通の子たちを比べたら、実力が違い過ぎる。

ルーチェも強くなったけど、ワタシに比べればまだまだなのだ。

ワタシは父さまには全《まった》く敵《かな》わないけれど、そこそこ戦えるようになっている。

どうなるのかなと思っていたら、ワタシとルーチェが父さまに呼ばれた。

「ジルよ。正直言って、お前を砦に入れて訓練に参加させるかどうか、ずっと迷っていた」

「はい、父さま。ワタシの準備はできています」

「お前はその歳《とし》で既に訓練生の実力を大きく上回っている。

ゆえに、お前を深淵《しんえん》ノ砦に送ることにした」

「えっ、深淵ノ砦ですか？」

「そうだ。色々考えた末だと言っておこう。

深淵ノ砦で実力を見せてこい。お前なら生き残れるだろう」

一瞬驚いたけど、悪神の目から逃れられて、魔物も狩り放題だから、一石二鳥よね。

それに、レベル38は伊達《だて》ではないのだ。

「わかりました。行ってまいります」

「そして、ルーチェよ。お前の成長も目覚ましい。だが深淵ノ砦に行くのはまだ無理だ。

ゆえに3ノ砦に入り、当面は里の防衛に努めよ」

「はい！　命を懸《か》けて、里を護《まも》ります！」

「うむ。よく言った」

父さまが、執務室の奥にある扉を開いてワタシたちを手招いた。

扉の奥には、豪華な装備がたくさん並べられている。

「ジル、そしてルーチェよ。これは、私が今まで使っていた装備だ。

今はまだ使えぬかもしれぬが、いずれ役に立つだろう。好きなものを持っていくがよい」

さすが200年以上生きていた父さまだ。いい装備がいっぱいある。

だけど、どんな立派な武器も、暗黒魔法のダークソードには敵わない。

苦労して習得したダークソードはナイフ1本あれば発動できちゃうからね。

でも、防具類は欲しい。どうしようかな。オールミスリルで作られていて美しい模様の入ったライトアーマーと、迷彩効果が高そうなローブコートをチョイスしておこうか。

あとは、翼を隠せそうなマントか。

靴《くつ》は要らないかな。レベル30を超えてからは邪魔くさくて作業のときも履《は》いてないし。

履くとしてもサンダルで十分だ。

ルーチェはバトルアックスと片手剣を選んだのね。いい組み合わせだと思う。

そして、真っ黒な全身スーツと組み合わせた。

「ふむ。良いものを選んだな。その装備類には自動調整の魔法がかかっている。今は無理でも、いずれ着られるようになるだろう」

今日は、訓練生の入所式だ。ちっこいのがいっぱいいる。

普段、私と同年代の子供と会わないからちょっと楽しい。

ワタシも参加したけど、全身黒ずくめで顔を隠しているから、だれも話しかけてこなかった。

話しかけてくるのはルーチェだけだ。

「ジル、今までありがとな。オレ、ジルのおかげで強くなれたよ」

「そんなことないよ。ルーチェには元々素質があったもの。

１ノ砦に連れてってもらった時、びっくりしたよ。まるで斥候《せっこう》みたいだったもんね」

「あはは。でも深淵ノ砦にいきなり行くのは、さすがにジルだけだよな。死ぬなよ」

「うん、大丈夫。また会いましょう、ルーチェ」


訓練場に残ったのは、ワタシと父さま、そして見知らぬ少年だった。

母さまは、まだ任務から戻らないからここにはいない。

「ジルよ。深淵ノ砦のソーヤだ。優秀な斥候だから、お前の引率《いんそつ》役として来てもらった」

「初めまして、ジルと申します」

「やあ、初めまして。僕はソーヤ、よろしく」

ソーヤは、線は細いけれど、珍しい雷属性のオーラを纏《まと》っていて、魔法特化というところかな。ルーチェと言いソーヤと言い、たまに珍しい属性の人がいるのよね。

「では、ソーヤ、宜《よろ》しく頼む。砦に誘導してくれるだけでよい」

「了解しました、棟梁様。むしろ戦ってもらわなければ困りますね」

「心配いらぬ。ジルの見た目は幼いが、１人でも十分やっていくだろう。

ジルよ、存分にやってこい」

「はい、最善を尽くします。では父さま、行ってまいります」

父さまが、初めてワタシを抱きしめてくれた。

命を落とすことになれば、これが最後だと思ったからなんだろうな。


森に踏み込んだところで、大きな木の枝から4つ足の魔物が飛び降りてきた。

ワタシは一瞬身構えたけど、なんか様子が違う。

「驚かせてしまったね。この子は僕の従魔でサンドラって言うんだ」

「えっと、この子は白虎《びゃっこ》ですか？」

「よく知ってるねぇ。僕のことはソーヤでいい。僕もジルって呼ぶから。敬語もいらないよ。まずは急ごう。日が暮れる前に砦に着けなければ死ぬことになるからね」

サンドラが先頭を行き、ソーヤ、ワタシの順で進んだ。

起伏《きふく》の激しい地形でもソーヤは余裕だけど、初めて森に入ったワタシは大変だった。

「ジル。マスクは良いとして、その邪魔くさいマントはしまったほうがいいんじゃないか？」

「あっ、えっと、わかった。でも驚かないでね」

確かに邪魔だったんだけど、翼が見えちゃうから我慢してたのよ。

「おっと、これは珍しい。ジルは翼が生えてるんだね」

「生まれつきなの。今までは隠してたんだけど」

「ふ〜ん。でも、まあ、いちいち隠してたら生きていけないよ」

「うん。父さまも、森に入ったら隠さなくていいって言ってた」

ソーヤは一瞬アレって顔したけど、そんなに驚いているような感じではない。

「ねえ、だいぶ前から、並走《へいそう》している魔物がいるんだけど、気付いてる？」

「いや、気付かなかった。サンドラが落ち着いてるから安心してたけど、間違いないのかい？」

「うん、20はいる。たぶん2足歩行型だと思う」

「それはちょっとまずいね。気配を絶てる魔物なら、ちゃんと迎撃した方が良いかな」

「あっ、くるよ！」

うわっ、なに？　こいつら、ウサ耳がついてるよ。

ドローンを2つ同時に維持できるようになっているけれど、近接戦闘《きんせつせんとう》で対応する。

「こいつら、噂《うわさ》のフォレストデビルじゃないか！　ジル、自分の身は自分で護るんだ！」

ソーヤは落ち着いてサンダーボールで応戦しはじめ、サンドラがソーヤを護っている。

フォレストデビルってウサ系なんだな。

氷魔法のアイスアローを撃ってくるけど、わりと楽に躱《かわ》せる。

アイスアローを躱しながら、飛び掛かってきたやつの首をダークソードで刎《は》ねていった。

遠距離魔法を使うと楽なんだけど、それじゃあ修業にならないもんね。

まずい、ソーヤが負傷した。

こうなったらしょうがない。残りを一気に殺《や》るか。

ワタシは両手を伸ばし、左右同時にソルレーザーを撃って、離れた敵にはドローンを使う。

「今のはジルがやったのかい？」

「うん。余計なことしちゃったかな」

「いや、助かった」

ソーヤは余裕を見せてるけど、背中に深い傷があった。早くしないと血を失って死ぬ。

ワタシは、浄化をかけて、聖なる癒しを発動した。

さすが神聖魔法。キュアとヒールなんかよりずっと強力だ。

あっという間にソーヤが完治する。

「ジルって、凄《すご》いな！　棟梁《とうりょう》様が大丈夫だと言うだけのことはあるんだね。

しかも、今のは神聖魔法じゃないのかい？　初めて見たけど」

「そう、浄化と聖なる癒しよ」

死体を収納して、砦に向かうことにしたけど、収納庫を持ってるのにも驚かれた。

今の戦闘で、レベル42になっていたから、意外と強敵だったということなのかな。

深淵ノ砦まであと30分というところで、困ったことになった。

オーガの大集団が立ちふさがっていたのだ。

ソーヤが砦を出たのは5日前だということから、その間に移動してきたということね。

集落を作ろうとしているようにも見えるんだけど、こんなところに居座られたら深淵ノ砦が孤立してしまう。

「さて、困ったな。これじゃあここを通るのも迂回《うかい》も無理だ。里に引き返した方がいいか。どう考えても、砦を狙ってるとしか思えないからね」

「ねえ、オーガってそんなにヤバいの？」

「そうだね。深淵ノ砦ではオーガに殺られるのが最も多いんだよ」

「そう。じゃあワタシが斃《たお》してきてもいい？　どっちにしてもこのままにはしておけないし」

「1人でかい？　いくらジルが強いからといっても、無理はいけないよ」

「無理なら戻ってくるから。それにただ突っ込むわけではないよ」

ワタシはソーヤに姿を消して見せた。

「これは、ヴィジュアルトリックっていう補助魔法よ」

「たしかに、これならいけるかもしれない。でも自己責任だよ？」

「うん。わかってる。死ぬつもりはないから大丈夫だよ」

ヴィジュアルトリックでも、姿を完全に消せるわけではないんだけどね。

これもワタシの妄想が生み出した魔法の1つで、昔観た映画をヒントにした究極迷彩だ。

ルーチェも使えるけど、ワタシほど上手《うま》くはできなかった。

ワタシにはもう1つのとっておきがある。それは時空魔法の空間飛翔。

翼が育ってきたら発現した魔法スキルで、空を自在に飛ぶことができる。

ワタシはヴィジュアルトリックを発動したまま空間飛翔でオーガの集団を偵察した。

数はおよそ2100ってところか。これなら何とかなるかもしれない。

真ん中でふんぞり返っているのがオーガキングね。まずはあいつを殺る。

気付かれるとまずいけど、そのための暗殺術だ。

1か所に集まっている今なら外から内側に向かって斃していけばいい。

隠密《おんみつ》スキル全開でオーガキングの真上に移動すると、ドローンを送り込む。

さすがキングなだけあって、何かの気配を察知したのかキョロキョロしだした。

でも、もう遅い。ワタシが死ぬ思いをして習得した暗黒魔法のマナドレインで魔力を吸い取って気絶させてから、ドレインで生命力を根こそぎ奪う。

オーガキングは眠るように死んだ。周りのオーガたちは気付いていない。

オーガキングを収納すると同時に、マナドレインで魔力を補充しつつ、ドレインで高位個体の命を奪っていく。

極小威力のソルレーザーで外周部のオーガの狙撃を開始した。

両手とドローンで狙撃し、もう1つのドローンは収納専用にする。

額かうなじを撃たれたオーガがバタバタと倒れていった。

死体が消えていくのを見てパニックを起こしたオーガたちが中心に向かって逃げ出すので、ますます狙いやすくなる。

最後の1体を殺したときには、へとへとになっていた。

あれ、収納されてない死体があるなぁ。なんで入らないんだろう。

《次元魔法LV1　亜空間を習得しました》

なぬ～、亜空間とな？　あら、確かに亜空間の存在を感じる。

しかも虫の息のオーガが1体入ってるのが空間把握《はあく》で確認できた。

なるほどぉ。生きているものを収納できない収納庫に無理矢理入れようとしたからだね。

それで、回避的に亜空間を習得しちゃったんだ。ラッキー！

オーガが死ぬと、ちゃんと収納庫に入った。

亜空間へのゲートを開いて入ってみたら、内部は広大な正四面体で三角錐《さんかくすい》の空間だった。

へぇー、こうなってるんだ。分けたりすることもできそうね。あとで部屋作ろっと。

おっと、こんなことしている場合じゃないわね。

あまりにも膨大《ぼうだい》な存在値と2千以上の魂を喰らったことで身体《からだ》に負担がかかっている。

早く戻らなくちゃ。

「大丈夫か？　主」

「うん、なんとかね。オークの時ほどじゃないよ」

ソーヤのところに戻ると、飛んできたことに驚かれた。

「ジルって、空が飛べたんだね？」

「だって翼生えてるし」

「まあ、そうなんだけどね。それよりどうだったんだい？」

「うん。全滅させてきたけど、少し疲れちゃった」

「ぜっ、全滅？　そりゃ疲れるわな。もう少しだから急ごう」

深淵の砦へは、自力で辿《たど》り着くことができた。

砦と呼ばれているけど、見た目は完全な要塞《ようさい》だ。

よく見ると、防護壁がコンクリート製のように継ぎ目がない。

もしかしたら、古代文明の遺跡を利用したのかもしれない。

魔の森には、遺跡が点在していると本に書いてあった。調査はほとんどされてないけどね。

空堀《からぼり》に架かる橋を渡って、敷地内に入ってみると、もう1つの防護壁があった。

ほほーう。2重の防護壁で、魔物の進入に備えているわけか。

1辺300メートルくらいあるから、1つの村といっていいわね。

建物は中心の大きな建物を護るように配置されているのが印象的だった。

単純に防御だけを考えているのではなく、迎撃できるように戦闘空間も確保した構造になっている。

指令室らしきところに連れていかれ、ソーヤが扉をノックする。

中から、入れ、の声が聞えてきた。

やけに質素な執務室だった。

机に向かっていた司令官が上げて見せた顔は、深淵ノ砦を任されるにはいささか若い外見の男だった。母さまとそう変わらない歳《とし》に見える。

「ジル・ハイランダー殿をお連れしました」

「初めまして、ジル・ハイランダーと申します。お世話になります」

「ご苦労さん。深淵の砦を預かる司令官のゲオルグだ。これから宜しく頼む」

「あの、殿はできれば省略でお願いしたいのですけど」

「一応、棟梁の直系に敬意を表したのだが、普通でよろしいというのならそうしよう。できればマスクを外して素顔を見せてもらいたいのだが」

だよねぇ。まっ、いいか。ここまで来たら悪神を警戒しても意味はない。

「おいおい、尋常《じんじょう》じゃねえな。ジラシャンドラの子供の頃よりスゲェーぞ！」

ソーヤもワタシの顔を見て、絶句している。

「母さまを知っているんですか？」

「知っているも何も、１ノ砦にいた時からずっと同期だったよ。

それにしても噂にゃ聞いてたが、子供にしちゃどえらい別嬪《べっぴん》だな。ここじゃ苦労するぞ」

それは覚悟している。女子率が少ない砦だから、嫌でも目立つものね。

「それはそうと、道中、変わったことはなかったか？」

「そうでした。ご報告します。入所式の後に里を出発しましたところ、フォレストデビルと思われる集団に襲われ、それを撃破しました。

その後、オーガの集団を発見、ジルが単独で撃破いたしました」

「ちょっと待て、フォレストデビルはアサシンラビットと言われている。

そうそう撃破できるものではあるまい。

それにオーガが集結しているのはこちらでも確認していた。

討伐《とうばつ》準備中だったが、ジルが単独で撃破したというのはさすがに信じがたい」

「ですが事実です」

「うむ。して、斃した魔物はどうした？」

「全て、ジル殿が収納しております」

「なんだぁ、その歳で収納庫持ちってか？　よしわかった、まずは兵站部《へいたんぶ》へいくぞ！」

指令室を出て、皆で兵站部の解体場に移動した。

「まずはフォレストデビルから出してくれ」

「はい、ゲオルグ司令官」

ワタシが22体のフォレストデビルを出すと、ゲオルグ司令官が唸《うな》った。

「ソーヤ、説明を頼む」

「内訳については、僕が5体、残りをジル殿が斃しました。僕が負傷したため、ジル殿が全滅させたのだと思います」

「思いますとはどういうことだ？」

「よく見ていませんでした。詳細はジル殿に聞いた方が早いかと思います」

「ジル、聞かせてくれるか？」

「はい、光魔法のソルレーザーという攻撃魔法で仕留めました」

「この、額に空いている穴がそうか？　光魔法に攻撃魔法などないはずなのだがな」

「ですが、オーガを全滅させたのもその魔法です」

「そうか、では、オーガを見せてくれるか？」

「えっと、全《すべ》てですか？」

「なんか問題あるか？」

〈主、出してやるがいいのじゃ。ここはガツンとビビらせるところじゃ〉

〈知らないよ？　いっぺんに出したらここが溢《あふ》れかえるんだから〉

ワタシは言われた通り、仕留めたオーガを全て出し、最後にオーガキングを出した。

「うおあ～、なんだこれは！　いったい何体あるんだ」

「はい、およそ、２１００体です」

「これを全部、お前が1人で斃したというのか？

いや待て、確かに同じ魔法で仕留められている。しかも正確にうなじか額を貫《つらぬ》いているのか。

いやいや、恐れ入った。信用するよ。まったくよぉ、噂以上だな」

「ジル。僕はせいぜい2～300かと思ってた。手伝わなくてすまない」

「うん、大丈夫」

「でも、30分もかからなかったのには驚くな」

「なにっ！　これだけの大軍を片付けるのに1人で30分もかけてないのか？」

「え、あ、はい。そうです」

「うっ、う～む、わかった。これらは全て、換金ということでよいな？」

「換金してもらえるのですか？　それは嬉しいです」

「それと、ついでになってしまったが、ここには指導教官というものがいない。

ここでは全員が守備隊員だ。先輩後輩の関係や階級というものもない。

ここを支配しているのが実力主義だからだ。

かといって命の奪い合いをするような決闘まがいの事は禁じてある。

だが、降りかかる火の粉は払わねばならぬ。

私の言っていることが解るか？　要するに自分の身は自分で護れということだ。

他者に頼ることなく自分の力で生き抜き、それが証明された時、騎士に叙勲《じょくん》されるだろう。

だがな、ただ強いだけでは騎士にはなれない。ここでは、資質が試されるのだ。それが何を意味しているかは敢《あ》えて言わないが、よく考えて行動するようにな。ジル・ハイランダーよ、深淵ノ砦《とりで》へようこそ！」

朦朧《もうろう》としていたけど、個室が与えられるというので、頑張って手続きを済ませた。個室には簡易ベッドがあるだけの狭い部屋だったけど、ワタシが覚えているのはベッドに倒れこんだところまでだ。

夢を見た。
視界が滲《にじ》んで、前がよく見えないけど、瓦礫《がれき》の山だらけだというのはわかる。
夢の主は泣いているのか、時々視界が暗くなったと思ったら、よく見えるようになる。
涙をぬぐっているのだろう。
人が倒れている。身体がズタズタで、死んでいるのは明白だ。
夢の主が手をかざして、神聖魔法を発動した。
再生と蘇生《そせい》を同時に発動している。
でも、手遅れだったようで、遺体が蘇《よみがえ》ることはなかった。
死んで時間が経ってしまうと、蘇生はできないのだ。

悲しみの気持ちが伝わってきた。そして怒りも。

ワタシがなんでこんな夢を見るのかはわからないけど、夢の主が麗神《れいしん》テルスなのは間違いなさそうだ。

ワタシは、再び、眠りに引きずり込まれていった。

姓名：ジル・ハイランダー　種族：神魔族　性別：女　年齢：４歳　レベル：60（30）
状態：頑健　職業：暗殺聖女　加護：転生神　祝福：エレボス
ギフト：解析　魔眼　完全言語　完全識字　思念話　偽装　称号：ハイランドの聖女
固有能力：妄想　最適化　並列思考　森羅万象《しんらばんしょう》　魔導錬成　状態異常無効　高速再生
生命力２５０００（５００００）魔力３００００（６００００）攻撃力４０００（１５００）
防御力４０００（１５００）敏捷《びんしょう》３０００（１０００）知力１１００（７００）
運30（20）
スキル：高速演算　精密魔力操作　魔素錬成　魔力感知　気配感知　存在感知
索敵　気配遮断　隠密　五感強化　必中（ＮＥＷ）体術　魔闘術（ＮＥＷ）
闇魔法ＭＡＸ　暗黒魔法ＬＶ９　神聖魔法ＬＶ８　光魔法ＭＡＸ　重力魔法ＭＡＸ
混沌《こんとん》魔法ＬＶ５　時空魔法ＬＶ９　次元魔法ＬＶ８　補助魔法ＬＶ９
暗殺術ＭＡＸ　威圧ＬＶ７（ＮＥＷ）　精霊魔法：エレボス（固有魔法：結界）

⑦ クロコとマシロ

腹が空《す》いて目が覚めた。

「ん〜、エレボスおはよう。どうして正座してるの？」

「なにか気付かぬかな？　我が主よ」

「あっ、なんか赤っぽくなってる！　これって銅ってこと？」

「微妙な味わいじゃろう？　主がレベル60になったからワシも進化したのじゃ。魔法は混沌魔法の魅了とメモリード、感情操作を授けておいたのじゃ」

「ありがとう、エレボス。混沌魔法って変わったの多いよね。あ〜あ、ワタシもステータスでは父さまを追い抜いちゃったよ。身体《からだ》も少し大きくなってるし、大きいサイズの服を買っておいてよかったわ」

「主の成長はワシの想像を遥《はる》かに越えておるのじゃ。おかげでワシ強くなった」

「よかったわね。でも、まずは腹ごしらえよ」

外に出るとかすかな食べ物の匂《にお》いがした。食堂は食べ放題だと聞いている。

匂いの元へまっしぐらに向かうとやはり食堂があった。

ワタシが入っていくと、遠慮《えんりょ》のない視線がグサグサ突き刺さる。

たぶんフォレストデビルとオーガのことが知れ渡っているからなんだろうな。

ビュッフェスタイルだから、自分で皿に盛るのだけれど、やりにくいわね。

ワタシは、仕切りの付いた大皿をてんこ盛りにして、空いた席に座った。

これはこれで、注目されることになったけど、お腹が空き過ぎて構っちゃいられないわよ。

あー、食った食った！　兵站部にでも行って、任務を受けてくるかな。


兵站部の壁には任務カードが貼ってある。各々《おのおの》、実力に合った好きな任務を選べる仕組みだ。

その横には歴代換金ランキングの表が貼られている。

あら、1位は母さまなのね。ゲオルグ司令官は3位だ。


「嬢ちゃん、任務を受けるのかい？　あいにく簡単な任務は残ってないんだよ」

兵站部の受付担当が、ワタシの幼さを心配してくれたのか、声をかけてくれた。

「ねえこれは？　遺跡の調査と南エリアの探索《たんさく》」

「これはやめておいたほうがいいよ。この任務は誰も受けないからずっとあるんだ」

「でも、面白そうだし、これにするよ」

ワタシは単独で行動する自由を与えられている。

一般の隊員たちと一緒だと、ワタシの実力が発揮できないだろうという、父さまの配慮だ。

初任務は、魔の森の中心付近にある遺跡の調査と、人跡未踏《じんせきみとう》の南エリアの調査を選んだ。

面白そうだからと言って受けたけど、この任務を選んだのには訳がある。

父さまから、魔の森全域の地図を作れと言われているのだ。

まずは食堂で食料を3か月分用意してもらった。といってもワタシには1か月分なんだけど。

新しく得た亜空間は、いくつかの部屋に分けて、そのうちの1つを神素タンクにした。

神素タンクで眠ったほうが、回復が早そうだからね。

準備万端整えてから、小手調べで砦周辺の地形と魔物の分布状況を調査してみた。

もちろん空間飛翔を使い、直視しなくても気配で魔物がひしめいているのがわかる。

ワタシの感知能力はレベルアップで研《と》ぎ澄まされていた。


遺跡の目印は小高い丘の上に立つ塔のような建造物だ。あった、これかぁ。

上空から地形を確認すると、自然のものとは思えない起伏《きふく》が広範囲に広がっている。

この下に眠っているのは、たぶん都市だ。

調査しろといったって、土の下じゃ無理だから発掘することにした。

やり方は簡単。ドローンで土砂を収納し、収納庫に入る前にもう1つのドローンから排出するのよ。

この方法は、遺跡を発掘したくてワタシが考えた方法だけど、効果は折り紙付きだ。

塔の下にある土砂をどけてみると、古代のビルが出てきた。

解析でも材質は不明だったけど、建物の保存状態は意外といい。

ワタシは夢中になって作業を続け、10日かかって都市をむき出しにした。

排出した土砂で山が1つできたけど、いい目印になる。

円形の美しい街だった。この都市には地下施設があって、ワケのわからんものが結構あった。

ガラクタでも価値があるかもしれないから、ごみ掃除《そうじ》を兼ねて根こそぎ収納しておく。

南に向かって伸びる地下トンネルを発見したので、行けるところまで行ってみる。

トンネルを5キロほど進んだところで、頑丈な扉に阻《はば》まれてしまった。

どうせ南には行かなければならないし、扉の先に何があるか知りたい。

地上に戻って、扉のあるあたりを掘り返すことにする。

当たりを付けたところにやってくると、目標の真上にアサシンラビットの集落があった。

露出した建物の一部を利用しているように見える。意外と頭がいいんだな。

でも、なんだかとても騒がしい。というより戦闘の気配がする。

アサシンラビットの集団と戦っていたのは1体の蜘蛛《くも》だった。

「ほう、アラクネじゃな。頭がよくて用心深い種族のはずじゃが、どうしたのじゃろな」

「アラクネ？　でも真っ黒だよ。特殊個体かなぁ」

「ふむ。アラクネがこんな無茶な戦い方をするからには何かわけがあるのじゃろう。主、加勢してみぬか？　アラクネは話のわかる数少ない魔物じゃ」

「そうねぇ。ボロボロだし、いくら強くても、このままでは死んじゃうもんね」

ワタシはヴィジュアルトリックを解いて、ウサ公たちのド真中に突っ込んだ。

新しく習得した魔闘術の効果で、攻撃スキルを生身の身体で発動させることができる。

リーチが足りないワタシの攻撃でも、素手と足先にダークソードを瞬間発動させることでアサシンラビットの首を簡単に斬《き》り飛ばせた。

右腕を失って、足の欠けたアラクネも、ワタシの加勢で勢いを取り戻したようだ。

指先から繰り出す糸には斬撃《ざんげき》効果があるらしく、ウサ公たちを斬り刻んでいく。

ワタシが十数体の首を刎《は》ねたところで、アサシンラビットたちが逃げていった。

ワタシはダークハンドとドローンでアラクネの腕と足を探し出し、夢で習得した神聖魔法の再生を試すことにした。

ダークアラネイド
性別：メス　レベル１００　生命力１００００　魔力８０００

攻撃力10000　防御力10000　敏捷5000　知力1150
固有能力　並列思考　闇魔法　魔体術　ライントリック　猛毒　索敵　気配遮断　隠密　瞬歩
再生

あら？　この子、闇魔法を持ってる。

もしかしてレベルがカンストしてるのかな？　ステータスが頭打ちっぽいもんね。

瞼《まぶた》のないどんぐり眼《まなこ》と、肩と下半身の複眼がワタシを見つめている。

ワタシは怯《おび》えさせないように、ゆっくり近づいて再生を発動した。

集めて抱えていた手足の残骸《ざんがい》が分解し、アラクネの身体が再生していく。

足りない成分はその辺にあるアサシンラビットの死体で間に合わせた。

いきなりアラクネが前かがみになったかと思うと頭を下げた。何かを待っているように。

えっと、この体勢って、頭を撫《な》でろってことなのかな。

ちょっとゴワゴワした銀髪が生えた頭を、ワシャワシャと撫でてやった。

「この気配、この感覚。わっちら魔物のお創り主とお見受けいたしんす。

わっちごときにもったいなき神の御業。助けて頂いてありがとさんでありんした」

これは魔物語かな？　なんか廓《くるわ》言葉っぽいけど、これで会話ができるようになった。

「助けることができてよかったよ。だけど、ワタシは創り主ではないと思う。

わずか前に生まれたばかりなんだ」

「でも、惹《ひ》きつけられるこの感覚は、尋常《じんじょう》ではないのでありんす」

「ふむ。それはよくわからない。しかし、なんでこんな無茶をしたの？」

「わっちの友を助けたかったのでありんす」

だいぶ前、フォレストデビルの種族内でクーデターが起こったらしい。

永く種族を治めていた森の賢者と言われる長《おさ》が、配下に背かれたのだ。

生きているのは間違いないものの、段々と気配が弱まってきているのだという。

「話はわかった。ではワタシも手伝うよ」

「嬉しや～。神さんは、わっちの背にお乗りになっておくんなんし」

思い込みが激しいのか、ワタシのことを神だと言い張り、とりつく島がないのよね。

アラクネの背中に乗るのは、面白いからいいけどさ。

ワタシたちは、フォレストデビルの集落に突撃した。

アラクネがダークニードルを撃ちながら、糸で前方の敵を薙《な》ぎ払う。

ワタシはアラクネの背に乗ったまま、４つに増えたドローンと両手を使って、ダークショットを撃ちまくった。

貫通力が高いソルレーザーを使わないのは、どこにいるのかわからない森の賢者を流れ弾で傷つけないためだ。

すると、異様にデブった大柄なのが出てきた。いかにも親分って感じだ。

解析したらロードラビットと出た。

ロードラビット
性別：オス　レベル６６６　生命力２５００　魔力７１００
攻撃力１１８００　防御力８０００　敏捷２５００　知力５００
固有能力　氷魔法　感覚増幅　気配遮断　索敵　隠密　瞬歩　高速再生

なんだこいつ。かなり強いじゃん。ワタシでも勝てないかも。

「こいつは、わっちに殺《や》らせてほしいのでありんす。神さんは見ていておくんなんし」

「気を付けなよ。こいつは氷魔法を使う。お前より強いよ」

デブだからなのか、敏捷値はアラクネが勝っている。

余裕をかますロードラビットの顔は、ウサ系といってもブルドッグのようだ。

アラクネが毒を仕込んだダークニードルを連射する。

魔物は詠唱《えいしょう》がいらないから、連射が可能なんだな。

でも全然効いてない。ロードラビットが氷魔法最高位の絶対零度《れいど》を発動した。

ニュアンスはわかるけど、要するにオーラに触れているものを凍らせるわけね。

アラクネは魔法を躱《かわ》したけど、凍った地面に触れていた足が凍り付いて、サンドバッグのように殴《なぐ》られ始めた。

あらあら、しょうがないわねぇ。ワタシは右手にダークソードを発動する。

瞬歩で一気に間合いを詰めると、アラクネをぶちのめすのに夢中になっていたロードラビットの首をサクッと斬り飛ばした。

ドバッという感じで存在値が流れ込んできたけど、前よりだいぶマシだ。

「大丈夫かい？　今回は相手が強すぎたようね」

「ふっ、不覚でありんした」

生き残った一般種のアサシンラビットは、ロードラビットが斃《たお》されたと同時に逃げ散っていた。残った気配の主が森の賢者なんだろう。

気配をたどっていくと、大木の洞《ほら》の中から真っ白なウサ耳が飛び出ていた。

確かにこれじゃあ身動き一つできないよ。だって簀《す》巻《ま》きなんだもん。

「ウサ殿。大丈夫でありんすか？」

「う〜、腹減ったっす。蜘蛛殿っすか？　腹が減り過ぎて、指1本動かせないっす」

カルッ！　森の賢者ってこんなやつなんだ。なんかバカっぽいんだけど。

ワタシはナイフを出して、白ウサを解析しながら縛《いまし》めを切ってやった。

エルダースノートリッカー
性別：メス　レベル100　生命力8000　魔力10000
攻撃力10000　防御力8000　敏捷4000　知力3000
固有能力　並列思考　混沌魔法　氷魔法　超感覚　索敵　隠密　瞬歩　再生

あれっ、知力がワタシより高い？　森の賢者といわれるだけのことはありそうね。

外見は真っ白な毛皮だけど、プロポーションは人間に近い。

端整な顔は確かに賢そうだ。しゃべらなければだけど。

とりあえず、聖なる癒《いや》しをかけて身体中にあった小傷を治してやった。

トラッシュのおっちゃんから大量に仕入れておいた串焼き肉を渡す。

「これを食べるがいい」

「いいんすか？　あざーっす！　神のごとく心の広き御方っすね」

「ウサ殿！　ごとくではなくて、正真正銘《しょうしんしょうめい》の神さんなのでありんすよぉ。

豚ウサを斃したのも神さんなのでありんすから、きちんと挨拶《あいさつ》をしてほしいのでありんす」

おいおい、そんなこと言ったら、取り返しがつかなくなるだろう！

「なんでそれを早く言わないいんすか！

失礼したっす、神様！　助けていただいた上に、食べ物まで頂いてしまい、大変助かったたっす」

あ〜あ、やっぱりこうなったか。

「いっ、いや、大したことではないよ。もっと食うか？」

「あははは、ありがたき幸せっす」

蜘蛛《くも》っ子が、羨《うらや》ましそうに見ている。

「お前も欲しいの？」

「あい、もしよろしければ頂きたいのでありんす」

〈蜘蛛殿。この御方はまことの神なんすか？　どえらくちっこいんすけど〉

〈ウサ殿は神さんの戦いっぷりを見ていないからわからないのでありんす。しかも、わっちの失った手足を元通りにしてくださったのでありんすよ〉

〈それは凄《すご》いっすね。たしかに頭の上にいる精霊の風格も尋常じゃないっす〉

〈そうでありんしょう？　わっちは御供《おとも》に加えて頂こうと思うのでありんすが、ウサ殿はこれからどうするのでありんすか？〉

〈ふむ。蜘蛛殿が行くというのであれば、自分も行きたいっす。同族たちの仕打ちには愛想が尽きたっすよ。今度会ったらシバき倒して、ぶっ殺してやるっす〉

〈お前たち、まる聞こえなんだけど〉

「おわっ！　迂闊《うかつ》でありんした。神さんなのでありんすから、思念話くらい使えて当然なのでありんす」

「丁度《ちょうど》いいっす。聞かれていたのなら話が早いっすよ」

「それもそうなのでありんす」

「ちょっと待て。お前たちはワタシについてくるつもりなのか？」

「ダメでありんすか？　なぶり殺しになるところを救われ、身体を治して頂き、友まで救って頂いたのでありんす。恩返しがしたいのでありんす」

「自分も同じっす。どうかひとつ宜《よろ》しくお願いするっす」

「主、連れていってやれ」

「話のわかる精霊様でありんすなぁ」

まあ、こうなるか。流れ的に。

「そうは言っても、人間の世界に行かなければならないのよ？」

「神さんは、人神《ひとがみ》さんだったのでありんすか？　翼が生えているから、創り主の系譜《けいふ》に連なる御方かと思っておりんしたが」

「ワタシは神魔族なんだ。実は、自分のことがよくわからないんだよ」

「アッテンボロー殿が探していた、３対《つい》の翼を持つ神魔族とは貴女様《あなた》のことっすよね？　自分らに否応《いやおう》はないっす。なあ蜘蛛殿？」

「ウサ殿の言う通りでありんす。わっちらは神さんと共に行けるなら、どこへなりともついていくのでありんす」

「なんだ、アッテンボローはお前たちにもその話をしていたのか？

正直、探されている存在かどうかはわからないけど、それでもいいのならついてきてもいい。

ワタシの名はジルよ」

「わっちらに名はありんせん。あの、できれば名を付けてほしいのでありんす」

そうだよなぁ。名がなきゃ呼びにくいしな。

アラクネは黒いからクロコ。ウサは白いからマシロかな。

「よし。今から、お前達はクロコとマシロだ」

「わっちはクロコでありんす」

「おお、自分がマシロっすね？」

「クロコ、マシロよ、ワシはエレボスじゃ。お前たち、ワシの子分な」

あはは、なんだかんだ言って、この子たち面白いわ。

よし、一旦砦《とりで》へ戻るか。従魔の登録もしなきゃならないもんね。

亜空間に入るためのゲートを出して、２人を中に入れることにした。

「２人共、一旦この中に入ってくれる？　これから人間の住むところに行くからね。

お前達と一緒にいるための手続きをするから少し時間がかかるけど、我慢するのよ」

「おお、神の御業でありんすー！」

「はぁ～、やはり神に間違いないっすー！」

あぁ、全然聞いてない。大丈夫かなぁ。

2人を、亜空間に入れてから、空間飛翔で砦に帰還した。

砦近くまで来てから徒歩で門を通り、ゲオルグ司令官に会いに行く。

「ジル・ハイランダー、ただいま帰還いたしました」

「おお、ちょっと心配したぞ。遺跡と南エリアの調査を受けたんだってな」

「はい。それについてご報告があります」

「よし、聞こう」

「まず、遺跡の調査ですが、埋まっていたのは古代都市でした。

既に発掘済みで、見取り図はこれです」

ちょっと簡単に報告しすぎたかな。でもクロコたちが腹を減らしてるだろうしな。

「なんと！　これをお前1人でやったというのか？　いったいどうやった！」

「えっと、説明は難しいのですが、収納庫を使って土砂をどかせた感じです」

「そんなことができるのか？　聞いたことないぞ、そんなやり方」

「続きがありまして、その過程で、アサシンラビットの集落を発見したのです。

種族を率《ひき》いていたロードラビットを斃し、集落を壊滅させました。

逃げた個体もおりますが、３００ほどのアサシンラビットを殺しました」

「マジか！　全《まった》くお前ってやつは、メチャクチャだな」

「あの、それと、従魔の登録というのはできるのでしょうか？

従魔を連れている隊員を見かけるのですが」

「ああ、従順であれば可能だが、従魔を持ちたいのか？」

「それが、そのぉ、すでに従属しちゃってる子たちが2体いるのです」

「なに！　２体もか。して、そいつらはどこにいるのだ？　まずは見せろ」

ワタシはゲートを出して、クロコとマシロを出して見せた。

「おいっ、正気か！　アラクネとアサシンラビットの亜種じゃねえか！」

ゲオルグ司令官がドン引きしたけど、気持ちはわかる。

「アラクネの方がクロコで、アサシンラビットの亜種はマシロと名付けました。

マシロは、フォレストデビルを治めていた前の長です。

同族に背かれて監禁《かんきん》されていたのをクロコと共に救出したのです」

「わかった。もう何も驚かんよ。許可するしかあるまい。

だが、そのゲートの奥は亜空間なんじゃねえのか？

遣い手は10年に１人現れるかどうかだと聞くが」

「はい、亜空間です」

「やっぱりな。では、後日、発掘した古代都市まで連れていけ。ジルは空を飛べるのだろう？　亜空間に調査隊を収容して運んでくれ」

「了解しました。いずれにしても途中ですから、何度か行くつもりです」

「明後日で大丈夫か？　行けるなら、朝一で出発したい。食堂集合でいいな？」

「了解いたしました。明後日の朝、食堂に参ります」

「これをこいつらに身に着けさせておけ。従魔のペンダントだ」

ワタシは、クロコとマシロの首に従魔のペンダントをかけてやった。

2人共なぜか大喜びしている。これで堂々と歩けるわけだ。

「あと、遺跡にあったものはどうします？　大量なんですけど」

「量にもよるが、とりあえず訓練場にでも出しておいてくれ。後で調べさせる」

従魔も食堂の利用はオッケーとのことなので、食事をしたいところだけど、先に兵站部《へいたんぶ》に寄らなければならない。収納庫には、斃した魔物がごまんと入っている。

「うわぁー！　なんでこんなところにアラクネが？　大丈夫なのか？」

兵站部員がビビりまくっているので、さっさと解体場に狩った魔物を出す手続きをする。

受付横の検分台に載せきれる量じゃない。

解体場も動揺《どうよう》の嵐だったけど、ロードラビットを出したら治まった。

「こんなの見たことねぇぜ。嬢ちゃんが狩ったのかい？」

解体士のおっちゃんが話しかけてきた。

「うん、ロードラビットっていうの。フォレストデビルと呼ばれていたアサシンラビットの親分だった奴よ」

「首をスッパリかい。嬢ちゃん、名は何て言ったっけ？」

「ジル・ハイランダーです」

「ほう、棟梁《とうりょう》様の直系か。どうやら嬢ちゃんは本物のようだな」

「遺跡の発掘品を訓練場に出しておきますから後で確認をお願いしますね」

「おう、任せておけや」

解体士のおっちゃんが、妙に感心していたけれど、腹ペコなので食堂へ向かう。

食堂に入ったら入ったで、食事中の隊員たちも大パニックに陥《おちい》った。

ワタシはいつものように大皿をてんこ盛りにする。

クロコとマシロもワタシの真似《まね》をして、大皿に好きな料理を盛っている。

2人共肉が好きなようで、生に近い方が好みのようだ。量は大したことない。

「人間の食べ物というのも、おつなものでありんすなぁ」

「2人共、しばらく注目されると思うけど、人間を絶対傷つけちゃダメだよ」

「わかってるっすよ。ジル様に恥《はじ》はかかせないっす」

いや〜、外側と中身のギャップが凄くて、意外性抜群《ばつぐん》だわ。

訓練場に行って、発掘品を出したら凄い量だった。

どっからどう見てもゴミの山にしか見えないけど、後は何とかしてもらうしかない。

お腹がいっぱいになったから、神素タンクで過ごすことにした。

狭い個室では寝ることもできない。

大量の存在値と魂のおかげで、眠くなってきてしまったのだ。

クロコとマシロも苦しがったりしなかったので、オッケーでしょ。

服を脱いで寝る準備を始めていたら、クロコとマシロから話があると切り出してきたので聞いてやることにした。

「わっちらは、ここに来るまでの間で、とっくりと話し合ったのでありんす」

「そうっす。自分らはジル様に忠誠を誓うことにしたっす」

「ただついていくだけでは、つまらないのでありんす」

「それは良いけど、実際どうすればいいの？」

「あい、それは血の契約でありんす」

出たよ、また血の契約かぁ。

「クロコ、マシロよ、お前たちは主の眷属《けんぞく》になりたいというのじゃな？」

「そうっすよ、エレボス様。ダメっすかね」

「エレボス、眷属ってなあに？」

「簡単に言うと家族になるってことじゃな。ワシと主のような関係に似ているのじゃ」

「ふーん、でもワタシ、狙われるかもしれないよ？　それでもいいの？」

「もちろんでありんす。必ず護《まも》って見せるのでありんす」

「そうっすね、一蓮托生《いちれんたくしょう》っす」

「わかったよ。それで、やっぱりデコに血なの？」

「主、たぶんそれで合っているのじゃ。ついでにチューもしてやれ」

クロコとマシロがワタシの目の前に跪《ひざまず》いたので、ワタシは指をかみ切って、２人のデコに押し付けてやった。

エレボスの時みたいに、血が吸収されていったので、同じ場所にキスをしてやる。

眷属化というプロセスはとても不思議だった。

クロコとマシロを愛する気持ちがあふれてくるのだもの。

２人も同様のようで、お互いの大事なものを与え合う感覚を素晴らしいと感じた。

いつの間にか、皆で団子になって寝てしまったよ。


夢を見た。

ワタシの前に立ちはだかるのは、無数の異形《いぎょう》の者たちだった。

これは魔神？　いや、なんとなく感じる雑魚《ざこ》っぽさは悪神の方だろう。

もちろんこの夢の中では、ワタシに自由はない。

夢の主である麗神《れいしん》テルスが感じている怒りの波動が強烈に伝わってくる。

視界の両端に翼の一部が見えていた。

いっぱいに広がった翼から、ソルレーザーに似た無数の光がほとばしる。

光に触れた悪神が次々に消滅していった。

失われて久しいと言われている伝説の神聖魔法、ホーリーだ。

だけど、ホーリーよりも翼を魔法の発動体としていることの方に驚いた。

しかも翼で敵を斬《き》り裂いている。

翼でこんなことができるとは、考えたこともなかったな。


目を覚ましたら、見知らぬ黒い女の子と、雪のように白い女の子がワタシの顔を覗《のぞ》き込んでいた。クロコとマシロ？

「え～～～！　2人共、人間みたいになっちゃってるぅー」

「姉さま、やっと起きんしたか」

「姉さまがなかなか起きないから、2人で身体《からだ》を舐《な》めといたっす」

「いったいどうしちゃったの？　人語を話してるし！」

「姉さまと同じ姿になりたいと願ったら、進化できたのでありんす」

「マシロも姉さまが成長した姿を想像したっすよ。もう進化できないはずなんすけど、姉さま効果で進化したっす」

「それは良いんだけど、なんで姉さまと呼ぶの？　確かに姉妹は欲しかったけど」

「だからでありんしょう。自然とこうなったのでありんす」

「そういうことなのかなぁ。まあいいや」

「ちなみにクロコが先に姉さまと出会ったから、２番目のお姉さんなのでありんす」

「クロネエって呼ぶことにしたっす。不本意っすけど仕方ないっす」

「自分たちの姿は把握《はあく》してる？　２人共裸がまずいってのわかってるかな？」

「もちろんす。マシロは氷の鏡を作れるんす。身だしなみは大事っすよね」

「でもクロコたちは、服というものをもっていないのでありんす」

解析したら、２人共種族が変わっていた。

レベルがカンストしてたから、眷属化で進化を誘発したってことなんだろうな。

神素タンクで進化したからなのか、神素だけを吸収するようになっちゃったね。

デフォルトは人型みたいだけど、蜘蛛《くも》化と獣化で元の姿に近い姿に戻れるのか。

何か着せるにしても、考えてやらないとダメだわ。

それにしても、２人共可愛《かわい》いわね。

黒い肌に濃い銀髪、琥珀《こはく》色の瞳を持つクロコ。

白い肌に銀髪で、赤い瞳を持つマシロ。
2人共、ワタシの感覚では18歳くらいに見える
ワタシはというと、身体が少し大きくなり、翼が六神翼という神の翼になった。
もうすぐ5歳だけど、見た目は7歳くらいになってると思う。
なんだかどんどん神に近づいているような気がするんだけど。

姓名：ジル・ハイランダー　種族：神魔族　性別：女　年齢：4歳　レベル：86（60）
状態：頑健　職業：暗殺聖女　加護：転生神　祝福：エレボス
ギフト：解析　魔眼　完全言語　完全識字　思念話　偽装
称号：ハイランドの聖女
固有能力：妄想　最適化　並列思考　森羅万象《しんらばんしょう》　魔導錬成　状態異常無効　高速再生
六神翼（ＮＥＷ）
生命力３６０００（２５０００）　魔力４３０００（３００００）
攻撃力５７００（４０００）　防御力５７００（４０００）　敏捷《びんしょう》４３００（３０００）
知力１６００（１１００）　運42（30）
スキル：高速演算　精密魔力操作　魔素錬成　魔力感知　気配感知　存在感知
超感覚（ＮＥＷ）　索敵　気配遮断　隠密　五感強化　必中　体術　魔闘術　神闘術（ＮＥＷ）

闇魔法ＭＡＸ　暗黒魔法ＬＶ９　神聖魔法ＭＡＸ　光魔法ＭＡＸ　重力魔法ＭＡＸ
混沌《こんとん》魔法ＬＶ５　時空魔法ＬＶ９　次元魔法ＬＶ８　補助魔法ＬＶ９
暗殺術ＭＡＸ　威圧ＬＶ７　精霊魔法：エレボス（固有魔法：結界）

クロコ
種族：ダークバトルアラネイド　性別：メス　レベル１００　生命力１２０００
魔力１００００　攻撃力１２０００　防御力１２０００　敏捷６０００　知力１５００
固有能力　並列思考　闇魔法　暗黒魔法　重力魔法　時空魔法　補助魔法　体術
魔体術　ライントリック　猛毒　索敵　存在感知　気配遮断　隠密　瞬歩　高速再生　暗殺術
完全言語　蜘蛛化

マシロ
種族：スノーマジックラビノイド　性別：メス　レベル１００　生命力１００００
魔力１２０００　攻撃力１２０００　防御力１００００　敏捷５０００　知力３５００
固有能力　森羅万象　並列思考　魔導錬成　混沌魔法　氷魔法　重力魔法　時空魔法
光魔法　神聖魔法　補助魔法　超感覚　存在感知　索敵　隠密　瞬歩　高速再生
暗殺術　完全言語　獣化

8 テルスの船

眷属《けんぞく》化の恩恵が凄《すご》い。

クロコからもらったライントリックにダークソードを融合させて、３次元レーダーのようなマシロの超感覚を得たことで、ワタシは究極の糸使いになった。

クロコとマシロも、ワタシから多くのスキルを持っていって強くなっている。

収納庫と空間飛翔、ドローンが使えるようになったはずだ。

ステータスを見る限り、クロコは暗黒魔法を使いこなす格闘系で、マシロは神聖魔法をワタシと同じレベルで使いこなす魔法系だからバランスもいい。

装備は、下半身が蜘蛛化するクロコには、大きくなったら着ようと思っていたワンピースと、父さまからもらったローブコートを着せた。

獣化してもウサ耳が生えて、手足が大きくなるだけのマシロには、父さまからもらったライトアーマーとマントを着せるしかない。

装備の系統があべこべになってしまったのは、致し方ないよね。

遺跡調査の集合にはまだ時間があるから、まずは腹ごしらえだ。

日の出前なので、食堂は空《す》いていたからいつものようにガッツリ食べる。

人型のクロコとマシロにおびえる者はもういない。

食料は残っているから補充はまだいいけど、現地用に塩だけ分けてもらった。

「クロコ、マシロ、ちょっと表においで。人間の戦い方を教えてあげる」

調査隊はまだみたいだから、食後の運動をするくらいの時間はある。

30分くらい形を練習したら、頭のいい2人は簡単に覚えてしまった。

だけど実戦はダメダメだ。力押しの戦い方しかしてこなかったからだね。

「おかしいのでありんす。姉さまに当てたはずの拳《こぶし》が、なぜ姉さまに摑《つか》まれてクロコは倒れているのでありんしょう?」

「それはね、力の入りにくい内方向へ押しながら手首を摑んで引いただけなんだけど、右の爪《つま》先《さき》を踏んでおいたから足を前に出すことができなかったクロコは自分で倒れるしかなかったのよ」

「なるほど、なかなかダーティーなのでありんす。クロコはまだまだでありんした」

「マシロも腑《ふ》に落ちないっす。

姉さまのパンチを躱《かわ》したはずなのに、なぜか背中から地面に叩きつけられたっす」

「マシロはワタシのパンチをパンチとしか見てなかったからなんだよ。

丁度《ちょうど》いい位置にマシロの首があったから、手を引き戻すときに引っ掛けて、背中側に身体を入れ替えながら、マシロの力が入りにくい方向へ引いたの。

そのとき浮いたマシロの軸足《じくあし》を蹴《け》り上げたから派手に吹っ飛んだのよ」

「おー、人間ナメてたっす。ちっこい姉さまにいいようにやられたっす」

「2人共強いけど、力の使い方を覚えたらもっと強くなるよ」

クロコとマシロが組手を始めたので、ワタシは亜空間のゲートを開いた。

アサシンラビットの集落で亜空間を開いたときのゲートポイントが残っているか確かめるためだ。ちゃんと残っていたので考えていたことを試す。

内側からゲートを開いてみると、あっさり開いてしまったよ。

《次元魔法LV3　亜空間移動を習得しました》

あはは、やっぱりね。できると思ったよ。

ワタシはゲートで集落まで移動すると、古代都市へ飛んで亜空間移動で戻ってきた。

これで調査隊の移動が楽になったわね。いちいち飛ばなくていいんだもの。

「おう、待たせたか？　って、その黒い姉ちゃんと白い姉ちゃんはいったい誰だ！」

「ゲオルグ司令官、おはようございます。クロコとマシロですよ。

血の契約をしたら、進化しちゃったんです」

「う～ん、色々なことがあり過ぎて、ついていけんな。まあいい。準備は良いのか？」

「はい、いつでも行けます。司令官も行くんですか？」

「当たり前だ！　こんな面白そうなことを見逃せるか。よし、出発するぞ！」

8人の調査隊とゲオルグ司令官がゲートを通って亜空間に入る。

全員入ってから、ゲートを閉じて、新しいゲートを開くと、そこはもう古代都市だ。

「なんだ、なんだ？　ジル！　お前、これって亜空間移動じゃねえのか？」

「そうですけど、なにか？」

「なにかじゃねえ！　これが王国に知られてみろ、戦争に利用されるぞ」

「そんなこと絶対させませんよ。無理強《じ》いするなら戦うまでです」

「恐ろしい奴だなぁ。敵にはしたくないぜ、まったく。

それにしても、ここにこんなものがあったなんて驚きだな。除けた土砂はどうした？」

「あそこの山がそうです。いい目印でしょう？」

「おっ、おう。そうだな、いい目印だ。鳥肌も立ってるがな」

「南に5キロの地点に気になるところがあるので、行ってきてもいいですか？」

「ああ、こっちは大丈夫だ。腕利《うでき》きを連れてきたからな」

クロコとマシロを連れて、亜空間移動でアサシンラビットの集落に移動する。

さて、何が出てくるか楽しみね。

地上に飛び出ている建物に沿って掘り下げていくと、やがて底にぶち当たった。

単純作業なので時間はかかってないけど、大きな山がもう1つできるくらいの土砂を取り除いたら巨大なゲートがむき出しになる。

地上に顔を出していた建物は塔のような構造で、下につながっていた。

なんとなく管制塔に見えるけど、これってエレベーターシャフトかな。

扉をソルレーザーで撃ってもビクともしない。随分《ずいぶん》頑丈な素材なのね。

今度は夢で習得したホーリーを試してみることにする。

ホーリーを撃つと、消滅した開口部から空気が一気に噴き出してきた。

吹き飛ばされたワタシを、クロコが受け止めてくれる。

噴き出してきた空気の匂《にお》いが、なんとなく懐かしい感じがした。

亜空間にクロコとマシロを入れて、単身で下りてみることにする。

何かあってもワタシだけなら脱出しやすいから念のためよ。

底に到着すると、そこには巨大で赤い何かがあった。

クロコとマシロを出してやる。2人共、暗闇で視界が利いてよかったよ。

「マシロが住んでいた真下に、こんなもんがあったんすね」

「うん。ワタシもビックリよ。これはたぶん船ね」

「船って、お水の上に浮かべるやつでありんすか？」

「まあね。でも、これは空を飛ぶ船だと思う」

密閉されていたせいか、赤い船体には埃《ほこり》1つついていなかった。

美しい船ね。なんとなく地球の古生代の生物に似ている。

全長は200メートルくらいありそうだけど、ハッチらしきものが見当たらない。

船体に触れてみたら、頭の中に声が響いてきた。

〈休眠解除。現在の魔力充填《じゅうてん》率1%以下。所有者認証開始。

合致率90%以上であるのを確認しました。おかえりなさい、マスター〉

これって、神代語？　教会で見せてもらった秘伝書のもとになった言語だよね。

突然目の前にゲートが出現した。これって入れってこと？

ワタシが入ったらゲートが閉じて、クロコとマシロが締め出されてしまった。

〈2人共、ちょっと待っててね。ワタシしか入れないみたいなの〉

ダメだ、思念話が通じない。レジストされてしまっているようね。

入ったところは、雰囲気《ふんいき》的にブリッジらしきところだった。

直感的に玉座《ぎょくざ》っぽい座席に腰を下ろしてみたら、頭の中にデータが押し寄せてくる。

うわっ、なんだこれ！　おー、なるほど。思念制御ってやつか。

船が勝手にデータをインストールしてくるけど、森羅万象が全《すべ》て引き受けてくれているから助かった。普通の脳だったらパンクする量をとっくに超えている。

所有者用のデータだから、操縦とは関係のないデータも多い。

触りやすいところにある球に触れて、ワタシの魔力を半分譲渡《じょうと》した。

〈魔力充塡率《じゅうてんりつ》が3％に達しました。ゲートを開きソーラーモジュールを起動します〉

ワタシがむき出しにした巨大ゲートが開いたようで、船に光が当たるようになった。

船の使い方がわかってくると、船を通して外の様子が視《み》えてくる。

クロコとマシロがオロオロしていたので、ゲートを出してブリッジに入れてやった。

「姉さまが船に食べられたのかと心配したのでありんす」

「思念話も届かなかったっす」

「ワタシの思念話も船にブロックされてしまったよ。心配をかけちゃったね」

船はワタシを所有者だと思っているみたいだけど、いったいどういう認証をしたんだろう。

船のスペックも知りたいし、全部一緒に森羅万象へコピーしちゃぇー！　えいっ！


ワタシはこの船、ドレッドノートの記録を調べて驚いた。

ドレッドノートは、神魔族が滅ぼされる寸前に設計した、最後の次元跳躍船だった。

対魔神戦用だったけど、建造が間に合わずに未完成のまま放置されたらしい。

夢現魔法を持つテルスはこの船に自身の能力を与え、最強の船に仕上げた。

夢を現実にすることができる夢現魔法かぁ。さすがは神様って感じね。

ワタシの妄想とちょっと似てる。

ドレッドノートが今まで生き残ってこられたのは、完全ステルス能力があったからで、テルスはこの船をとても大事にしていたみたい。

自らを改良する能力を与えて、武装は基本的に暗黒魔法と神聖魔法を基本にしているけど、ワタシが知らない魔法もあった。

「クロコ、マシロ、船の中を探検しに行くよ」

「あーい」「りょーかいっす」

各船室のハッチは、ワタシだと開くけど、クロコとマシロでは開かない。

テルスは、自分以外にドレッドノートを使わせる気はなかったらしい。

認証を繰り返しているうちに、ワタシの何を認証しているのかがわかったよ。

ドレッドノートは魂を認証してたんだね。

船に入れたのも、記録を閲覧《えつらん》できたのも、ワタシの魂をテルスと認めたからなんだ。

ワタシは自分が麗神《れいしん》テルスの生まれ変わりであることを認めようと思う。

あまり驚かなかったよ。ああ、やっぱりって感じ。

半信半疑で中途半端だったのが、これでスッキリした。

あの夢を見るのだって、過去を少しずつ思い出していたからなのね。

「なんだかさぁ、ワタシってばやっぱり麗神テルスの生まれ変わりだったみたい」

「ほら見よ、主はやっぱり麗神テルスの生まれ変わりじゃったろう？」

「やはり姉さまは、お創り主でありんしたか。クロコは間違えないのでありんす」

「マシロも、信じてたっすよ、姉さま。どこまでもついていくっす」

「なんだか調子がいいわねぇ。でもワタシはワタシだよ。

　ワタシはやるべきことをやり、やりたいことをやるんだから」

「それでいいのじゃ、我が主よ」

「でもさ、魔神どもは許せないよ。悪神がこの世界にいるのもね」

「ならば主はそれを目標にしたらいいのじゃ。悪神を探し出して皆殺しにする。

　魔神がやってくれば、返り討《う》ちにしてやるのじゃ」

「このままでも、いずれは見つかってしまうわけだしね。

　死なないためには、とにかく生き残って強くなるしかないわ。

　みんなで強くなろうね！」

　ドレッドノートからは、いくつかの魔法をダウンロードすることができた。

　自己改良する能力は、神の魔法と言っていい夢現魔法が基になっている。

　夢現魔法の全てを習得できないのはワタシが未熟だからで、使えるのはＬＶ１複写創造とＬＶ２既知創造、そしてＬＶ４改良だ。

これで装備に関する悩みは解決したわね。

亜空間移動で古代都市に戻ってみれば、ゲオルグ司令官たちが侵入してきた魔物と交戦中だった。負傷者もいる。

「おう、ジル。やっと戻ってきてくれたか。魔物が多くて調査にならねえ！」

「了解しました。何とかします。クロコ、マシロ、人間たちを護って！」

「あい、了解でありんす」

「おっ、あんにゃろうどもがいるっす。ちょっと行ってぶち殺してくるっす」

アサシンラビットを見つけたマシロが、ワタシと同じソルレーザーを連射しながら走って行ってしまった。

ワタシは、さっき習得したばかりの既知創造を使って都市の外周に強固な防護壁を築いていく。材料は土砂でできた山だ。

ドローンで土砂を吸いながら、防護壁を造る作業はかなり魔力を使う。

ドレッドノートに魔力を半分つぎ込んでいたから、魔力が足りるか心配だった。

直径2キロほどの小ぶりな街といっても、防護壁で囲うのは大変なのだ。

2時間かけて防護壁が完成したので、皆のところに戻ったらまだ戦っていた。

「ゲオルグ司令官、外周を防護壁で囲ったので、もう魔物は進入してきませんよ」

「なんだと？　いつの間にそんなことになったんだ」

「土砂の山を材料にしたんですけど、今までかかっちゃいました」

「おおっ！　気付かなかったが、山がなくなってる！」

魔力は残り2割か、何とかなるかな。

「ゲオルグ司令官、魔物を一掃《いっそう》しちゃいますか？」

「できるなら、やってくれ、こっちはもう限界だ！」

4つのドローンを四方に飛ばし、残りの魔物を殲滅《せんめつ》していく。

アサシンラビットは、マシロの獲物なので残しておいた。

「アサシンラビット以外は、全滅しました。後はマシロに任せておけば大丈夫です」

「なに？　いったいどうやった！

いっ、いや、なんでもない。いちいち気にしてたんじゃ、胃がもたん」

「クロコもマシロのところに行っといで」

「あーい」

「しかし、お前の従魔は強いな。俺たち全員でもかなわんだろうな、ありゃ」

「そうなんです。とても頼りになります」

収納庫が使えるようになったクロコとマシロが、斃《たお》した魔物を回収してきてくれた。

「姉さま、あいつらを皆殺しにしてきたっす。残しておいてくれてどうもっす」

「あはは、恨みは晴らせたの？」

「半分、クロネエに任せたっすけど、また会ったらぶち殺してやるっす」

「あっ、そうだ。ゲオルグ司令官に見てもらいたいものがあるんです。

ここはもう安全ですから、一緒に来てもらえませんか？」

「おっ、おう。今度はなんだ？　目まぐるしすぎるぞ！」

「亜空間移動ですから、一瞬ですよ」

亜空間移動は一瞬だったけど、ドレッドノートを見たゲオルグ司令官は口をアングリあけて放心していた。よだれをぬぐうのも忘れるくらいに。

「おい、こりゃいったいなんだ？」

「なにって、船です。たぶん飛びます」

「俺にこれをどうしろと？」

「それはワタシが聞きたいですねぇ」

「う～ん。これは棟梁《とうりょう》にお伺《うかが》いをたてるしかあるまいな。

都市の扱いにしてもそうだ。棟梁の判断を仰ごう。

まずは報告できるように調査を済ませてからだな」

結局、調査に5日かかった。

ワタシはと言うと、魔力が回復するたびにドレッドノートに通って魔力を注入し続けた。

おかげで船の魔力が15%まで回復している。
あまりに永く休眠していたから、魔力生成のプロセスに問題があったけど、いずれは魔素による魔力生成も始まる。飛べるようになるといいな。

姓名：ジル・ハイランダー　種族：神魔族　性別：女　年齢：４歳　レベル：94（86）
状態：頑健　職業：暗殺聖女　加護：転生神　祝福：エレボス
ギフト：解析　魔眼　完全言語　完全識字　思念話　偽装　称号：ハイランドの聖女
固有能力：妄想　最適化　並列思考　森羅万象《しんらばんしょう》　魔導錬成　状態異常無効　高速再生　六神翼
生命力４００００（３６０００）　魔力４７０００（４３０００）
攻撃力６２００（５７００）　防御力６２００（５７００）　敏捷《びんしょう》４７００（４３００）
知力１７５０（１６００）　運46（42）
スキル：高速演算　精密魔力操作　魔素錬成　魔力感知　気配感知　存在感知　超感覚
索敵　気配遮断　隠密　五感強化　必中　体術　魔闘術　神闘術　夢現魔法ＬＶ４（ＮＥＷ）
闇魔法ＭＡＸ　暗黒魔法ＬＶ９　神聖魔法ＭＡＸ　光魔法ＭＡＸ　重力魔法ＭＡＸ
混沌《こんとん》魔法ＬＶ５　時空魔法ＬＶ９　次元魔法ＬＶ８　補助魔法ＬＶ９　暗殺術ＭＡＸ
威圧ＬＶ７　精霊魔法：エレボス（固有魔法：結界）

9 里のピンチ

5歳になった。

古代都市の調査が終わったので、今は南エリアの調査をしている。

南エリアは人跡未踏ではあるけど、クロコの育った場所だから案内を任せた。

1番の収穫《しゅうかく》は温泉が沸いていることで、お風呂好きのワタシはゲートポイントを設置して、毎日のように入りに来ている。

ここは、ある種の中立地帯になっているから、魔物に襲われることはない。

「クロコはいいところを知ってるわねぇ。あと、なんか変わったところないの？」

「そうでありんすなぁ、もっと東の方に行くと、蛇のバケモノがいるのでありんす」

「あ、クロネエ、それ、ヨルムンガンドっす。あれはヤバいっすよ」

「ふーん、ヨルムンガンドって、そんなに強いの？」

「強いし、デカいのでありんす。クロコなんか軽く無視でありんした」

「でも姉さま、あいつはやめておいた方がいいっす。

東はどうも、嫌な気配がするんすよ」

「嫌な気配って？」

「う〜ん、なんとなく悪意が蔓延《まんえん》してる感じなんすよ。同族も近づかなかったっす」

「やはりマシロちゃんも気づいていたのでありんしたか。

もしかしたら姉さまが言っていた悪神がいるのかもしれないのでありんす」

「マジ？　そんなこと聞いちゃったら確かめずにはいられないわね。

ちょっと、行ってみようかしら」

空間飛翔の練習がてら、空中鬼ごっこをしながら東へ向かう。

途中、巨大な何かが這《は》ったような跡を発見した。

「姉さま、這跡《はいあと》がまだ新しいのでありんす。方向は西でありんすが、2足歩行の魔物が集団で追っている感じでありんすなぁ」

「足跡から見てオーガっすけど、数が多いっすね。たぶん車を引いてるっす」

西といったら里のある方角だけど、もしかして里に向かってる？

「ちょっと嫌な予感がするから、急いで這跡を辿《たど》るよ！」

里にゲートポイントがないのは痛い。途中から予感が確信に変わった。

里の方角から煙が上がっているのが見える。

ワタシたちは這跡を無視して最短距離を飛んだ。

各砦《とりで》の防護壁が破壊されて、館の一部も壊されていた。街が、燃えている。

裏門付近でオーガの軍団が暴れていた。

200メートルを超えるほどの大蛇が里の奥深くまで入り込んでいる。

「オーガはクロコとマシロに任せるよ！　ワタシはヨルムンガンドを斃しに行く！」

「姉さま、気を付けるのでありんす。奴は火の玉を吐くはずなのでありんす」

「うん、わかった。クロコとマシロも油断しちゃダメよ！」

ヨルムンガンドが、民家をメリメリと押し潰しながら暴れている。

父さまが立ち向かっているものの、魔法が全《まった》く効いていない。

ワタシはドレッドノートで見つけた透明金属製のバトルアックスを取り出した。

これを選んだのは1番威力がありそうな武器だったからで、両手で振りかぶったまま突っ込んだ。

渾身《こんしん》の力でバトルアックスを眉間《みけん》に叩き込む。

なんて硬いのよ！　食い込むどころか弾かれたわ。

頭の上に立って、ダークソードを発動しながらもう1度叩き込んでみた。

ダメだわ。魔法に強力な耐性があるから、さらに硬くなったような気さえするわね。

父さまと目が合った。諦めているようには見えないけど、悔《くや》しそうな表情だ。

ソルレーザーを撃ってみたものの、鱗《うろこ》で反射して逸《そ》れてしまうからちょっと危ない。

強力すぎて使わないつもりだったけど、ここはホーリーを使うところなんだろうな。

5つに増えたドローンと両手を使って、眉間に向けてホーリーを撃ち込む。

鱗が2枚か3枚消滅したように見えたけど、すぐに再生してしまう。

ヨルムンガンドがワタシを見たと思ったら、鎌首を持ち上げて炎の塊《かたまり》を吐いた。

とっさにマジックブレイクを使ったけど、本物の炎だったから消せない。

エレボスが結界で防いでくれなかったら危なかったかも。

こいつを斃すには、ホーリーの一斉射撃しか思いつかない。

だけど、普通のやり方では通用しないのよ。

六神翼での魔法発動は練習中なんだけど、やるしかないわね。

どっちみち、ヨルムンガンドを斃せなければ里が全滅しちゃう。

ワタシは集中して、翼から撃つホーリーをイメージした。

ただ撃つだけなら簡単なのよ。でもそれじゃダメ。

羽の1枚1枚が魔法の発動体にならなければ意味がないの。

だから両手もドローンも使わない。

もっと大量に、もっと使いやすく。妄想の中でならワタシは最強なんだから！。

翼がいっぱいに広がって輝き始めた。これって、ホーリーの輝き？

光が分裂して、１０００個ほどの眩《まぶ》しく光る小さな光弾になると、弾けるように飛び散った。

一瞬、メチャクチャな方向へ飛んでいったけど、ヨルムンガンドの眉間に吸い寄せられていく。

《神聖魔法LV10　ホーリーショットを習得しました》

《マーキングを習得しました》

《ホーミングを習得しました》

《命中・必中・マーキング・ホーミングが統合され、自在照準を習得しました》

無数にも見えるホーリーショットが、ヨルムンガンドの頭部に殺到する。

その辺りの地面ごと頭部が消滅した。ちょっとやり過ぎちゃったかな。

大量の存在値がドッと流れ込んできた衝撃でグラついたけどなんとか耐えた。

認めたくはないけど、年経ている魂は美味なのよね。

身体《からだ》の芯にジワッとした甘い痺《しび》れが走り、別な意味でグラつく。

父さまのところへ行くと、剣に身体を預けるように立っていた。

「助かったぞ、ジルよ。ちょっと見ない間に見違えるほど強くなったな。

ここはいい、裏門へ行け。ジラシャンドラがいるはずだから、加勢してやってくれ」

「母さまが帰ってきてるのですか？」

「そうだ。早く行ってやるがいい」

「はい！　行ってきます！」

裏門へ飛んでいくと、クロコとマシロがオーガを殺しまくっていた。

すでに2千体ほどの死体が転がってるけど、オーガはまだまだたくさんいる。

いつもなら、前に出て戦っているはずの母さまが見当たらない。

もしかして負傷したのかな。

訓練場に行くと、思った通り負傷者だらけだ。

アスガ神父の姿があったから、声をかけた。

「ジル様、来てくださったのですね！」

「神父様、母さまを見なかった？」

「いらっしゃいます。こちらへ来てください」

案内されたところに母さまがいた。

「ちょっと待ってよ。息をしてないじゃない！」

「手を尽くしたのですが、あまりにもひどいケガで、手遅れだったのです」

「母さま！　息をして！　死んじゃやだよぉ！」

「もう、心の臓も動いておりません。まだ身体は温かいというのに、残念です」

身体が温かいというのなら、まだ間に合うかもしれない。

夢の中で見たときと同じように、無我夢中で再生と蘇生《そせい》を同時に発動した。

ワタシがテルスならできるはず。

ズドンという感じで、残った魔力のほとんどを持っていかれた。

母さまが眩《まぶ》しい光に包まれて、ボロボロだった身体の修復が始まる。

これじゃぁクロコたちのことを言えないわね。思いっきり力業《ちからわざ》だもん。

多くの人たちが、ワタシに注目している。

さあ母さま、息をして！　心の中で念じた。

やがて、母さまがせき込んで、のどに溜まった血を吐いた。

「ああ！　信じられない、ジラシャンドラ様が生き返った！　神よ感謝します！」

アスガ神父が、涙を流しながら、ワタシの手を握っている。

「神の御業だ！　奇跡だ！　女神様なのか？　女神様に違いない！」

「あの美しい翼を見よ！　間違いなく女神様だ！」

ボーッとしていてよくわからないけど、なぜ皆泣いているのだろう？

「ジル？　ジルなのね？　大きくなっちゃって！」

母さまが、ワタシを抱きしめてくれた。

「翼が生えたとは聞いてたけど、こんなに立派なものだとは思ってなかったよ」

「あはは、母さまぁ。母さまは、今死んでたんだよ？」

「ほんとに？　そういえば、オーガに切り刻まれたんだっけ。

それよりもジル！　訓練生の子供たちが大勢さらわれたわ！

私はそれを阻止《そし》しようとしたの。それで焦《あせ》ってしくじったのよ」

「わかった、母さま。ワタシ助けてくる！　でも、もう無茶しないでね」

飛んでいくワタシの姿を見て息を呑《の》む皆を後目《しりめ》に、さらわれた訓練生たちを追った。

〈姉さま？　クロコたちも行った方がいいのでありんしょうか？〉

〈心配しなくていいよ。ワタシは1人で大丈夫。クロコとマシロは里を護ってて〉

ワタシは出せる限界の速度でヨルムンガンドの這跡を辿《たど》り、どこかにいるはずのオーガを探す。

いた！　200体ほどのハイオーガの集団が確かに車を引いている。

30人ほどの子供たちが檻《おり》のような荷台に入れられているのが見えた。

魔力が枯渇《こかつ》しているから、ソルレーザーは使えない。

マナドレインでオーガの魔力を奪いながら、先頭集団に躍り込んだ。

ワタシは左右の指先から10本の糸を繰り出すと、オーガの首を刎《は》ねていく。

至近の敵は神闘術の翼斬《よくざん》で斃《たお》した。返り血を避ける余裕なんかない。

オーガジェネラルを見つけた。こいつは手足を切り落とすだけで生かしておく。

魔力がある程度回復したので、残りをソルレーザーの一斉射撃で瞬殺した。

訓練生たちが自力で脱出していたけど、1か所に固まって動かない。

それで正解だ。下手《へた》に動くと、その辺にいる別の魔物に殺《や》られてしまうのだから。

ワタシはオーガジェネラルの尋問を開始した。

「お前は誰のために働いている？」

魔物語《まものご》で質問し、混沌《こんとん》魔法のメモリードで心を読んだ。

「殺せ、どうせ生きていても喰われるだけだ」

オーガジェネラルの心の中に、異形《いぎょう》の姿が浮かぶ。

「何のために子供をさらった？」

「生きたまま、喰らうためだ」

またしても異形の姿が浮かんでは消えた。

異形の者は間違いなく悪神だ。この森には悪神がいる。

と、その時ワタシは名前を呼ばれたのに気が付いた。

「おい、ジル！　ジルだろ？」

「あれっ、ルーチェ！　あんたも捕まってたの？」

「いやぁ～、カッコ悪い！　でもありがとう。

オレ、もう死ぬんだと思ってたよ。里は大丈夫なのか？」

「うん。ヨルムンガンドは斃したよ」

「ジル、お前ってやっぱ凄《すご》いな！　なんかまたデカくなってないか？」

「うん、ちょっとだけね。魔物を斃しすぎちゃってるから」

いきなりルーチェに抱きしめられて、ちょっと焦った。あれれ、泣いてる？

「ジル！　オレ強くなる！　もっと強くなってお前を護る！」

「うん、うん、前にもそう言っていたね。血で汚れるよ？」

「冗談じゃなく、ほんとに。そして、ジルだけの騎士になってやる！」

「わかったから、もう泣かないで。でも、無茶はしないでよ？」

「なあ、こいつどうすんだ？」

「ルーチェの好きにしていいよ」

「わかった。こいつはオレに殺させてくれ」

ルーチェはハイオーガの手斧《ておの》を拾うと、オーガジェネラルの首を刎ねた。

「ルーチェ、強くなりたいなら魔物を殺しまくるしかないのよ」

「わかった、オレ頑張る！」

そういうと、ルーチェはハイオーガの手斧を拾っては収納していった。

ルーチェも収納庫を覚えたんだ。なかなかやるわね。

捕まっていた訓練生たちを亜空間に収容してから、里に向かう。

裏門に戻ると、クロコとマシロがオーガの残党を殺しているところだった。

訓練生たちを開放すると、ルーチェが飛び出していく。

小粒なルーチェが両手に手斧を持ち、オーガを滅多斬《めったぎ》りにしていった。

「姉さまぁー！　大丈夫でありんしたか？」

「うん、なんとかね。２人共ケガはない？」

「大丈夫っすよ、マシロもクロネエもそんなにヤワじゃないっす」

背が届かなかったけど空間飛翔で少しだけ浮かんで２人の頭を撫《な》でてやる。

２人が珍しくにっこり微笑《ほほえ》んだので、これからはもっと撫でてやろうと思った。

「クロコ、マシロ、あの子はルーチェ。残りのオーガは任せてあげて」

「了解でありんす。ルーチェどんはクロコたちに任せるのでありんす」

まだたくさん残っていたケガ人たちを癒《いや》しの聖域で治してやる。

あちこちで沸き起こった、喝采《かっさい》と女神コールが止まない。

《称号　ハイランドの女神を得ました》

おおっ！　いい称号ね。これで厨二《ちゅうに》っぽい職業から解放されるのかしら。

《ハイランドの女神を得たことにより、職業が野良《のら》女神になりました》

えっ？　やだ〜ん。野良が余計だよぉ。超ダサいんだけどー。

「ほう、主もとうとう神の端くれになったのじゃ」

「でも、野良女神だよ？　種族が神じゃなくても神なの？」

「神っぽいのじゃからいいんじゃよ。要は気分じゃ」

「ジル～、なんとかやっつけたぞぉ～！」

返り血に染まってギトギトのルーチェが、マシロに支えられて戻ってきた。

「お疲れ様、ルーチェ！　なかなかやるじゃない！」

「えへへ、これからはルーチェ様って呼べよな！」

「絶対、イヤッ！」

ルーチェとじゃれていたら、父さまと母さまが一緒にやってきた。

「また、ジルに救われたな。ルーチェもよく頑張った。

しかしさっきの魔法はなんなのだ？」

「あれはホーリーショットです、父さま」

「ほう、ホーリーまで使えるようになったのか。

ジラシャンドラを生き返らせてくれたそうだが、ホーリーに加え、蘇生を使いこなしている
ということなのか？」

「はい、主《おも》だった神聖魔法は使えると思います」

「ふむ、着々と力を付けているようで何よりだ」

「ジル？　本当にありがとうね。私のこともだけど、子供たちのことも」

「最後はギリギリだったけど、この子たちがいたから何とかなったよ。

ワタシの眷属《けんぞく》になった、クロコとマシロです」

「その子たち、とても強かったわよ。ジルの眷属だったのね。ジルを宜《よろ》しくね」

「姉さまのお父様とお母さまでありんすか？　クロコでありんす。

姉さまが大好きなのでありんす！」

「マシロっす。姉さま命っす！」

「ほう。眷属とはまた珍しいが、やけにノリが軽いな。

いやまあしかし、強いのは間違いない。ジルをよろしく頼む」

「姉さまは、クロコが命に代えてもお護《まも》りするのでありんす」

「任せるっす！　姉さまを死なすくらいならマシロが死ぬっす」

「そういうことを言っちゃダメ！」

彼女たちとした血の契約によって、ワタシが死ねばクロコとマシロも死んでしまう。

だからこそワタシは死ねないのよね。

「クロコ、マシロ、今日は裏門を守護してくれるかな。

ワタシはちょっと眠らなければダメみたい」

さすがに今日はくたびれた。

ルーチェも倒れそうだ。ルーチェを神素タンクに入れたらどうなるのかな。

「父さま？　ルーチェもワタシの部屋で寝かせてあげてもいい？」

「ああ、そうしてやってくれ。ルーチェも疲れているだろう」

ルーチェと一緒に神素タンクに入ると、作っておいたベッドに倒れ込んだ途端に寝てしまった。

夢を見た。
ここって、もしかして宇宙空間？
ワタシは、ドレッドノートの丸みを帯びた船体の上に立っていた。
あれは何だろう、クジラ？　クジラに見えるけど目が４つあるし、やけにデカい。
全長１キロくらいかな。そんなのが20はいる。
あれは船ね。魔神と悪神が乗る生きた船だ。
巨大な火の玉を吐きながら近づいてくるけど、ドレッドノートはビクともしない。
火の玉が爆発しても、強力な結界に波紋を起こさせるだけで消えていった。
凄いな。テルスが丹精込めて完成させた船だけのことはある。
手を前に出し、船の知識だけでは覚えられなかった魔法を発動する。
反物質の対消滅反応を利用した暗黒魔法の究極奥義。
反物質錬成によって生み出された無数の反物質ショットが解き放たれた。
無慈悲《むじひ》な対消滅の嵐には抗《あらが》うこともできない。
強力な結界も、強靭《きょうじん》なクジラの身体《からだ》も、神ですらも。

破滅をもたらした超爆発の美しさにワタシは魅《み》せられた。

影響を受けないのは、時空を支配できるワタシとワタシが護りたいと思うものだけ。

ワタシはこの魔法を知っていた。ただ忘れていただけなのだ。


「んが～、よく寝たぁ～！」

「主、お目覚めか？」

エレボスが、ワタシの胸の上で正座をしている。

「あら、エレボスおはよう。あっ、身体が銀色になってる！」

進化すると、正座するのかしら？　きっと感謝の気持ちを体現しているのね。

「カッコいいじゃろう！　それに今回は、ワシも主から魔法を授かったのじゃ」

「あれ？　混沌魔法がＭＡＸになってるけどいいの？」

「主から、凄い攻撃魔法をもらったからな。ギブ＆テイクじゃ」

「いったいどんな魔法？　ワタシも色々使えるようになってきたけど」

「ふむ。暗黒魔法の反物質錬成と破壊光線じゃ」

「なぁに？　そのベタな魔法。あっ、そっか。確かに破壊光線ね」

対消滅反応爆発を引き起こす、反物質属性の光線魔法だもんね。

凄いな、エレボスも無敵じゃん。ワタシの魔力を使えばだけど。

ワタシも父さまと同じ不老になったのね。レベル100を超えたからかな。

ルーチェが床で大の字になって寝ていた。

ストックしていた食料を食べてたのか、ルーチェの周りがゴミだらけだ。

「小僧は先に目を覚まして、暇そうにしていたのじゃ」

「ははは、すっかり元気になったようね。

ねえ、エレボス、なんでルーチェには解析が効かないんだろう」

「ワシが見るところ、小僧は神魔族の因子に加えて龍の因子を持っておるようじゃ。

龍の因子が解析を邪魔しているのじゃろう」

「ふ〜ん、だからルーチェは身体があんなに頑丈なんだ。

ワタシのシバキに耐えられるのはルーチェだけだもんね」

「うむ。なかなか面白い存在じゃな」

ルーチェもすっかり神素を取り込む身体になっちゃったわね。

それにしても龍かぁ。この世界ってほんとに不思議なところだわ。

「とあ〜、ルーチェ起きろ〜！」

「グヘッ！　う〜、死むう〜。ってなんだよ、ジル！　お前、寝すぎだろ！」

「あら？　ルーチェがワタシより少し大きくなってる！　なんか悔しい！」

「へっへっへ、ルーチェ様だからな！　そのうちジルをコテンパンにしてやるぜ！」

「やれるもんならやってみなさい！　くそルーチェ！」

神素タンクから出てみたら、里の皆が総出で復興に当たっていた。

裏門に行ってみると、クロコとマシロが仁王立《におうだ》ちしている。

「気合入ってるわねぇ、あなたたち」

「あっ、姉さまぁ。クロコはちょっと寂しかったのでありんす。ルーチェどんばかりずるいのでありんす」

「姉さまがなにげに可愛《かわい》くなって、マシロは辛抱《しんぼう》たまらないっす」

「あはは、ワタシも会いたかったよ」

揉《も》みくちゃになりながらも、こんなのも悪くないと思った。


一旦深淵《しんえん》ノ砦《とりで》に戻り、ゲオルグ司令官に事のあらましを報告した。

里の復興を手伝うことを許可してもらったので、これで里に滞在できるわね。

まずは夢現魔法で新しく防護壁を造り直してあげた。

ワタシが何かやると、その度《たび》に喝采《かっさい》が上がる。

調子に乗ってたら、ワタシが手伝えるところが1日で終わってしまったわよ。

防衛体制が通常通りに戻ったから、父さまと母さまにこれまでのことを報告した。

都市のこと、ドレッドノートのこと、ワタシがどういう存在かということも。

そして、里の襲撃の裏に悪神がいるということもだ。

ちょっと迷ったけど、ルーチェが龍の因子を持っていることも正直に話した。

「う〜む、都市と船か。これは1度見に行かねばなるまいな」

「今からでも行けますよ」

「ふむ、亜空間移動か。久しぶりに、ゲオルグとも会っておくことにするか」

父さまを連れて深淵ノ砦にやってくると、ふんぞり返っていたゲオルグ司令官が椅子《いす》ごと後ろにひっくりかえった。

「とっ、棟梁《とうりょう》？　どうしたんです、突然」

「うむ。ジルから報告を受けたのでな、ちょっと寄ってみたのだ」

「いやあ、ジル殿には驚かされっぱなしですぜ。

時代が動くというのは、こういうことなのかもしれませんな」

「オーバーですよ、ゲオルグ司令官」

「いや、あながちそうとは言い切れまい。

ジルが生まれてから、色々なことが起こり始めたのは間違いなかろう」

都市を視察し、ドレッドノートを見た父さまが唸《うな》っている。

「これほどのものがあったとはな。

古代の都市には使い道がある。人間が森に進出するいい機会となるだろう。

問題はこの船だ。飛ばすのにどれくらいかかる？」

「今は自己修復中ですから、あと1か月もあれば飛ばせるようになると思います」

「うむ。問題は、お前にしか動かせないということだな」

「はあ、どうやら適性があるようで、普通の人間では無理のようです」

「わかった。この船はジルに任せる。

もともとジルが見つけたのだから、この船はお前のものとするがいい。

里を救ってくれた功労者でもあるのだから、これで報いたいと思う」

「とても嬉しいですけど、いいのですか？」

「これは神の船なのであろう？　船の主はお前こそが相応《ふさわ》しい」

やったぁ！　口ではさりげなさを装っていたけど、めっちゃ嬉しい！

勝手に自分のものにしちゃうわけにはいかないもんね。

これで、大手を振ってドレッドノートに住める。

姓名：ジル・ハイランダー　種族：神魔族　性別：女　年齢：5歳（4歳）

レベル：108（94）　状態：不老（頑健）　職業：野良《のら》女神（暗殺聖女）

加護：転生神　祝福：エレボス　ギフト：解析　魔眼　完全言語　完全識字　思念話　偽装

称号：ハイランドの聖女　ハイランドの女神
固有能力：妄想　最適化　並列思考　森羅万象《しんらばんしょう》　魔導錬成　状態異常無効　高速再生　六神翼
生命力４６０００（４００００）　魔力５４０００（４７０００）
攻撃力７１００（６２００）　防御力７１００（６２００）　敏捷《びんしょう》５４００（４７００）
知力２０００（１７５０）　運48（46）
スキル：高速演算　精密魔力操作　魔素錬成　魔力感知　気配感知　存在感知　超感覚　索敵
気配遮断　隠密　五感強化　自在照準（ＮＥＷ）体術　魔闘術　神闘術　夢現魔法ＬＶ４
闇魔法ＭＡＸ　暗黒魔法ＭＡＸ　神聖魔法ＭＡＸ　光魔法ＭＡＸ　重力魔法ＭＡＸ
混沌《こんとん》魔法ＭＡＸ　時空魔法ＬＶ９　次元魔法ＬＶ８　補助魔法ＬＶ９　暗殺術ＭＡＸ
威圧ＬＶ７　精霊魔法：エレボス（固有魔法：結界　反物質錬成　破壊光線）

⑩ 悪神退治

久しぶりに、ゆっくりと休むことにした。

既知創造《きちそうぞう》で紙とペンを作って、クロコとマシロの装備をデザインして描いていく。

ついでにルーチェの装備も考えてやるか。

クロコは活動的な感じがいいけど、蜘蛛《くも》化するからミスリルの鎖で編んだノースリーブのワンピーススカートにしよう。

その点マシロには自由度があって、なんでも着れるのよね。

それにしても、絵が自在に描けるのには自分でも驚いちゃった。

前世ではこんなに絵は上手《うま》くなかったもん。まるでCGみたい。

何点か描いていたら、マシロが1枚の絵をガン見しだした。

「なんだ、マシロはこれが良いの？」

「世の中に、こんなものがあったとは侮《あなど》れないっす」

「これはメイド服といって、世話をしたりする人が着る作業服みたいなものだよ」

「マシロはこれがいいっす。これを着て姉さまのお世話をするっす」

「姉さま、クロコにも何か作ってくれるのでありんすか？」

「うん。クロコにはミスリルチェーンのワンピースを作ってあげる」

素材は、船に山ほどあるのでバンバン使っちゃおう。

出来上がりを着せてみると、２人共よく似合った。

特にマシロは獣化するとウサ耳メイドだ。

「あれ、マシロ、その上にアーマーを付けちゃうの？」

「だって、姉さまから頂いた大切なアーマーっすもん」

「これはこれでいいのかなぁ。どう見ても戦闘メイドね」

クロコの方は問題ない。問題があるとすれば、全員裸足《はだし》だということくらいか。

ワタシも身体《からだ》が頑丈なので、砦入りした時から靴《くつ》は履《は》いてない。

夢の中のテルスも、裸足だったしね。

ワタシもミスリルの鎖で編んだワンピーススカートを着ることにしようかな。

これでいつでも悪神をぶっ殺しに行けるわね。


「父さま、母さま、悪神を斃《たお》しに行ってきます」

「ジル。今度ばかりはお前だけに任せるわけにはいかぬ。

深淵《しんえん》ノ砦の腕利《うでき》きを率《ひき》いて私も行こう。今回はルーチェも連れていく」

本当はワタシと眷属《けんぞく》だけで行こうと思ってたんだけど、これだけやられて父さまが黙ってるわけないよねぇ。

でも、ルーチェを連れていくとは意外だったわ。経験を積ませたいってことかな。

深淵ノ砦入りした父さまは、すぐにゲオルグ司令官と共に討伐隊《とうばつたい》を編制した。

作戦は単純で、ヨルムンガンドの這跡を逆に辿っていくだけなのよね。

尋問したオーガジェネラルから得たイメージで悪神の姿はわかっている。

オーガから悪神化した個体だから、行きつく先にはオーガの大集落があるはず。

クロコとマシロをつれて偵察に出たワタシは、悪神の存在を確かめていた。

気配からいくと、オーガは1万近くいそうだ。

気になるといえば、ヨルムンガンド級の個体が1体いることくらいかな。

出発は日の出と同時だった。

騎士候補といっていい人材を集めたとゲオルグ司令官が言っていた。

重装備の父さまとゲオルグ司令官に、腕利きが30人か。

ルーチェには動きやすさ重視のチェーンメイルを造って着せてやった。

亜空間移動で、ワタシが進んだところまで一気に移動したが、オーガの大集落までは、ここから5キロほど進まなければならない。

前衛をワタシとクロコ、マシロで行く。

本番まで、討伐隊を疲れさせるわけにはいかないからね。

静かな行軍だった。

ちらほら現れる魔物はワタシとクロコが斬糸《ざんし》で音もなく斃していく。

マシロには収納と全体的な援護を任せた。

今までは乱戦で気が付かなかったけど、クロコとマシロが斃した魔物の存在値がワタシに入ってくる。

眷属の主になるというのは、こういうことなんだと改めて知った。

レベルは100のままだけど、どうやらワタシが追い付いてないから、変動しないらしいのよね。

生命力と魔力以外は負けているから、もっと強くなれということなんだろう。

「姉さま、どうやら奴らも気付いたらしいっすよ。前の方で動きがあるっす」

「うん。それは予想通りね。ワタシたちは、襲ってきたのだけ殺せばいいよ」

「敵を蹴散《けち》らしてやるのでありんす」

「父さま？　敵が本格的に動き出しました。取りこぼしはお願いします」

「うむ、任せるがいい。あまり無茶をしてくれるなよ」

「大丈夫です。前方の敵は任せてください」

オーガの第1陣がやってきた。ハイオーガを中心にした斥候《せっこう》部隊だろう。

数は少ないけど、上位種だけで構成されているから手強《てごわ》いかもしれない。

マシロが飛翔して上空からソルレーザーで全滅させる。その数200あまり。

存在値は入ってくるけど魂は喰わなくて済むみたい。

「主？　ワシ、破壊光線を試してみたいのじゃが」

「うん。じゃあ次の集団に使ってみて。ワタシも見てみたいから」

次の会敵《かいてき》まで時間はかからなかった。

「エレボス、任せたよ」

「任せよ。クロコ、マシロ、前にいると危ないのじゃ」

クロコとマシロがワタシの後ろに下がったのを見計らって、エレボスが発動した破壊光線が
オーガの集団を捉えた。

ズッバ〜〜ン、ドウンガ〜〜ン！

前方のオーガどころか、はるか遠くまで大きく地面がえぐれ、その先にあったオーガ集落の
半分が消滅した。

「うわぁ、なにこの威力！　集落の半分がなくなったわよ？」

「撃ったワシもビビっておるのじゃ」

発動はエレボスだけど、ワタシの魔力を使っているからなのか、存在値と魂はワタシのもの

になるようだ。

今の一撃で3000は斃したから、魂の方でちょっと身体がきついわね。

破壊光線は指向性が強いから、ワタシの反物質ショットのほうが使いやすいかも。

「ジル、今のはなんだ？　エレボス殿が撃ったように見えたが」

「これは、暗黒魔法の破壊光線という攻撃魔法です。ちょっとヤバいです」

「そっ、そうなのか？　ふむ、暗黒魔法とな、うむ」

父さまがちょっと取り乱すほどの威力だったか。

それでも、前方の敵が一掃《いっそう》されたのは確かだから、そのまま進む。

強力な魔法を見た討伐隊にも楽勝ムードが漂っているけど、問題はこれからね。

前方から何か来る。まだ遠いけどヨルムンガンド級のやつだわ。

なによこいつ！　なんかキモい。巨大な体に、蛇が8体生えている。

「姉さま、あいつはヒュドラっす。それぞれの首から別々の魔法を撃ってくるっすよ」

「ちょっとワタシも反物質ショットを試してみようかな。

父さま、皆を伏せさせてください。強力な魔法を撃ちます」

ワタシは反物質錬成でビー玉ほどの反物質ショットを生成した。

これくらいなら、威力が小さいからあまり影響は出ないはず。行けぇ！

まっしぐらに吸い込まれたと思ったら、信じられないほどの大爆発が起こった。

あちゃー、反物質ナメてたわ。

ヒュドラが消滅するどころか、直系300メートルくらいのクレーターができてる。

ああ、こいつの魂もかなりヤバい。なんかゾクゾクする。

「いっ、今のはなんだ。ダークショットに見えたぞ」

「今のは暗黒魔法の反物質ショットです。これは反則級の威力ですねぇ」

「うむ、まあいい。これで敵もだいぶ減ったのではないか？」

「でも悪神はまだ健在です」

ワタシたちは、なおも進み、オーガの集落に達した。

「ほう。オーガの集落にしてはしっかりしているのだな。半分は消し飛んでいるが」

「父さま、オーガの軍団が背後に回ってます。2体のキングが率いてます」

「うむ、そちらは任せよ。里の恨みを晴らしてくれる」

オーガは父さまに任せた。

「ルーチェ、身体が固いよ！　もっとリラックスしなきゃ」

「おっ、おう。大丈夫だ。オレは本番に強いんだ」

まあ、しょうがないか。一歩間違えたら死が待ってるんだもんね。

ワタシとクロコとマシロは悪神の気配に向かって進んでいく。

「クロコ、闇榴弾《やみりゅうだん》は使えるね？　あの建物を吹っ飛ばしてごらん」

「あーい。お任せでありんす」

ほう、クロコもなかなかやる。闇榴弾を30個ほど展開して、一旦上空へ撃ちあげてから、ワタシの指示した大きな建物に命中させた。

木っ端微塵《こばみじん》の残骸《ざんがい》から体長3メートルほどもある悪神が這《は》い出してくる。

神だからなのか解析は効かないけど、向こうも解析をかけてきた。

うまく偽装に騙《だま》されてくれるかな？

「お前たちは何者だ。よくも我の配下どもを殺してくれたな」

ふーん、言葉は魔物語なのか。

「何よ！　先にヨルムンガンドをけしかけてきたのはそっちじゃないのさ！」

「ふむ、威勢がいいことよ。お前ごときが何人いたところで我には通じぬぞ？　人間」

うまく騙されてくれたようね。ワタシのことを普通の人間だと思っている。

ワタシはどてっぱらめがけてソルレーザーを1発お見舞いしてやった。

一瞬風穴《かざあな》が空いたけど、すぐに塞《ふさ》がってしまう。

「いきなりとは、なかなかえげつないな、人間。しかし、3対《つい》の翼か」

「翼が3対だったら何だって言うのよ」

「いや、なんでもない。いずれにしても生きたまま喰《く》らってやるまでだ」

「お前が死ね！」

ワタシは斬糸《ざんし》を悪神の手足と首に絡ませて、引き斬《き》った。

一瞬バラバラになりかけたけど、すぐに元通りになってしまう。

「主、こいつは完全消滅させなければ死なんのかもしれないのじゃ」

「マジで？　それじゃぁ、げふぉっ！」

ヤバッ、油断した。こいつ意外に素早い。ワタシは空き缶のように蹴り飛ばされた。

「うきゃぁ！　よくも姉さまをやってくれんしたね！」

蜘蛛《くも》化したクロコが悪神に体当たりをぶちかまして気を逸《そ》らしてくれたけど、右手の一振りで吹っ飛んだ。

「あ～れ～！」

派手に吹っ飛んだのは、上手《うま》くダメージを逃がしたからだね。

今のをまともにくらったら、いくら頑丈なクロコでも只《ただ》じゃすまないもの。

「うおりゃぁ～！　姉さま、今のうちに下がるっす！」

ウサ耳をだしたマシロが、気合でホーリーを初めて発動し、奴の片足を奪った。

奴も拙《まず》いと思ったのか、炎のブレスでマシロを追い払う。

こいつは炎を操るんだ。火炎弾を連射されて、マシロが逃げ回っている。

戻ってきたクロコが、闇榴弾を撃ち込んでいるけど、全《まった》く効いていない。

オーラではない何かをまとって、身体を護《まも》っているように視《み》える。

クソーッ！　ワタシの身体は弱すぎる。息すら戻らないよ。
背骨をやられて、身体を動かすこともできない。
聖なる癒《いや》しをかけたけど、ワタシの身体が特殊なのか、あまり効果がないのよ。
それでも息が戻ってきた。砕《くだ》けた背骨と肋骨も高速再生で元に戻りつつある。
まずい！　マシロがやられそうだ。奴の失った足も元に戻っている。
なんちゅう再生力なんだろう。さすがに悪神といわれるだけのことはある。
夢の中では雑魚扱いだったけど、こいつは悪神の中でも強い方なのかもしれない。
ワタシは、ホーリーショットを３連射した。
とっさに避けたようだけど、自在照準をナメてもらっては困る。しかも的《まと》がデカい。
命中すると、右肩と首から上を残して身体のほとんどが消滅した。
存在値が入らない。これでもまだ生きているっていうの？
ダメ押しのホーリーショットで、奴の欠片《かけら》を完全に消滅させた。
「うぐっ！」
バカみたいな量の存在値だけど、それよりも魂を喰らった感覚がヤバい。
こいつの魂は何度も転生を繰り返してきた強靭《きょうじん》な魂だ。
頑張れば、魔神にもなれたかもしれない。それだけ強い魂だった。
悪神が滅らないわけだ。悪神の魂が転生すれば、また悪神となるのだから。

「姉さまぁ！」

蜘蛛化したクロコがワタシを抱き上げてくれた。

ワタシは悪神の魂を喰らった慄《おのの》きで震えが止まらない。

「クロコ、マシロ、ワタシは大丈夫。父さまたちを助けてあげて」

「わかりんした。姉さまはクロコの背で休んでいておくんなんし」

「姉さま？　あとはマシロとクロネエに任せるっす」

父さまたちがオーガたちと死闘を繰り広げていた。

負傷者を囲む陣形で戦っている。

ルーチェは拉致《らち》された時に奪った手斧を投げて、確実にオーガを斃《たお》していた。

なかなかやるわね。腕利《うでき》きと言われた守備隊員たちより動きがいい。

結構強力な治癒《ちゆ》魔法で負傷者を治療しながらだから、大したものよ。

クロコが斬糸でオーガを血祭りにし、マシロが負傷者の手当てを始めてくれている。

父さまが、オーガキングとの一騎打ちになった。

もう1体の若いオーガキングは、500ほどのオーガを連れてどこかへ行ってしまったらしい。

無理矢理従わせられていた者たちなら見逃してやるわ。

そのおかげで、父さまたちが助かったようなものだから。

父さまは強い。

数回切り結んだ後、地面にめり込んだオーガキングの剣を踏みつける。

間髪容《かんはつい》れず首を刎《は》ねて決着がついた。

治療を終えたマシロも参戦し、ほどなくして残りのオーガも全滅したようだ。

もう少し起きていられるかな。ここで眠るわけにはいかないわね。

「父さま、ゲオルグ司令官、あまり時間がありません。砦《とりで》に帰還でいいですか？」

「ああ、それでいい。ジルも休まなくてはな」

「いやぁ、一時はどうなるかと思いましたぜ、棟梁《とうりょう》。何度も死を覚悟しましたわ」

「そうだな。皆もご苦労だった！　さあ帰ろう」

皆を砦に送ったところで、ワタシも力尽き、目を開けていられなくなってきた。

クロコとマシロを連れてそのまま神素タンクに入る。

服を脱がせてくれてるのを感じつつ目を瞑《つむ》った。

やっぱりこの子たちが傍《そば》にいてくれると安心するな。


目が覚めたら、いきなり目の前に金キラのエレボスがいて驚いた。

「どうしちゃったの？　ずいぶん派手になっちゃったわねぇ」

「どうじゃ、主！　こんなのなかなかないじゃろう？」

「なんか、眩《まぶ》しくて、直視できないわよ」

それはそうと、この体勢はいったいなに？

クロコとマシロが両側からワタシにしがみついて寝ていた。

「クロコ！　マシロ！　ねえ、起きて！」

「ああ、姉さま。おはようさんでありんす」

「うぐぐ、姉さま。もうちょっと姉さま成分が欲しいっす」

「ワタシ成分？　なんじゃそりゃ」

「姉さまからは色々もらえるんすよ」

「そうでありんすよ。だからクロコたちは姉さまとくっついていたいのでありんす」

あれ、なんか身体《からだ》が大きくなってる感じがする。

「ねえ、マシロ。氷で鏡を作ってよ」

「お安い御用っす」

考えてみたら、鏡なんて見るのは教会以来なんだよね」

「うわっ、これがワタシ？」

自分の姿を見て絶句できるのって、珍しい体験だわ。

鏡の中のワタシは、姿だけなら女神よね。野良《のら》だけど。

「姉さまはとっても綺麗《きれい》になりんしたなぁ。クロコのものにしたいのでありんす」

「そうっすね、さらいたくなるっす」

「ワタシはあなたたちのものでしょう？　今更さらってどうするのよ」

クロコとマシロは面白いけど、常にマジだからリアクションにこまるのよね。

レベルを確認したら、180になっていた。

悪神を斃したし、2人が斃した分も加算されるから、上昇率がハンパない。

身体が大きくなるわけだわ。

姓名：ジル・ハイランダー　種族：神魔族　性別：女　年齢：5歳　レベル：180（108）　状態：不老　職業：野良女神　加護：転生神　祝福：エレボス
ギフト：解析　魔眼　完全言語　完全識字　思念話　偽装
称号：ハイランドの聖女　ハイランドの女神
固有能力：妄想　最適化　並列思考　森羅万象《しんらばんしょう》　魔導錬成　状態異常無効　高速再生　六神翼
生命力76500（46000）　魔力90000（54000）
攻撃力11800（7100）　防御力11800（7100）　敏捷《びんしょう》9000（5400）
知力3300（2000）　運56（48）
スキル：高速演算　精密魔力操作　魔素錬成　魔力感知　気配感知　存在感知　超感覚
索敵　気配遮断　隠密　五感強化　自在照準　体術　魔闘術　神闘術　夢現魔法ＬＶ４

闇魔法ＭＡＸ　暗黒魔法ＭＡＸ　神聖魔法ＭＡＸ　光魔法ＭＡＸ　重力魔法ＭＡＸ
混沌《こんとん》魔法ＭＡＸ　時空魔法ＬＶ９　次元魔法ＬＶ８　補助魔法ＬＶ９　暗殺術ＭＡＸ
威圧ＬＶ７　精霊魔法：エレボス（固有魔法：結界　反物質錬成　破壊光線）

11 1級騎士

1か月が経った。

レベルが上がってからというもの、感知能力が爆上がりした。

悪神を斃してからは、脅威《きょうい》になりそうな敵は見当たらないけど、遠くの強い気配を感じるようになった。たぶん別の悪神だ。

森の南エリアの調査も終えたから、ちょっと暇になったのよね。

そのうち、難易度の高い売れ残り任務を受けようと思う。

ワタシと眷属《けんぞく》たちは、ドレッドノートに住んじゃってて、とても快適に過ごしている。

ドレッドノートには何でもあった。もちろん広いお風呂も付いているの。

今だからわかるけど、テルスの趣味はワタシの趣味でもあるのよね。

永い休眠で不具合が出ていたところも、自動修復機能ですっかり元に戻っている。

いつでも飛べるようになっていたものの、飛ばしちゃっていいものかどうか迷っていた。

完全ステルスがあるといったって、派手に飛べば魔神に見つかるかもしれないからね。

ということで、地味に飛ばすことにした。

結果から言うと、もちろん飛んださ。太陽まで。

なぜって、楽しいからに決まってるでしょう。

思念制御って素晴らしいのよ。

ワタシが船と一体化して、まるで自分の身体で飛んでいるような感覚を味わえるんだもの。

ドレッドノートは重力魔法で飛んでいるんだけど、反物質の対消滅反応を利用した噴射推進《ふんしゃすいしん》も付いている。

これが凄《すご》いのなんのって、光速の50％に達するまで10秒もかからないのよね。

もちろん慣性制御が利《き》いてるから、船内は快適そのものよ。

次元跳躍船だから、他次元世界にも行けるわけだけど、それはまだダメ。

さすがにそれをやると見つかるわ。

船の索敵機能でこの世界にいる悪神を探してみたら、あと2体いた。

2体とも、お隣のジャガール帝国にいる。

しかも、皇帝と将軍におさまってたりするのよ。もう最悪よね。

どうやって皇帝の地位に就《つ》けたかはどうでもいいけど、これじゃあ手が出しにくい。

なんとなくわかってきたのは、誰でも悪神になる可能性を秘めているってこと。

1度転んだ魂は、味をしめてまた同じことをしようとする。

魔の森の悪神はその典型だ。そして悪神はやがて魔神となる。

船の記録を読めば、それくらいのことはわかるんだけどね。


「主、悪神を殺しにいかんのか？」

「う～ん、ぶっちめに行きたいのはやまやまなんだけどさ、そうもいかないのよねぇ。向こうから来てくれれば、返り討《う》ちなんだけどなぁ」

「もう、隠れる必要はないのじゃ。主はそれだけの力を付けておる」

「姉さま？　それなら、攻めてこさせればいいのでありんす」

「そうっすよ。挑発してやればいいんす」

「そうは言うけど、勝手なことをして国を巻き込むのもねぇ」

「人間とは、難儀《なんぎ》でありんすなぁ」


6歳になった。

レベル200を超えてきたところで、やっとクロコとマシロのステータスに変化が出てきた。

この子たちのレベルはワタシの半分になるようで、ワタシが210だと105になる。

ワタシが存在値を得る代わりに、この子たちはワタシから能力を得るというわけだ。

おかげで今ではクロコは未熟ながらも反物質的錬成を操り、マシロは夢現魔法を覚えた。

どうも神魔族というのは、陰陽あわせ持っているようで、対極《たいきょく》の魔法を同時に極めていくものらしい。

魔の森の中で、ワタシたちに敵《かな》う存在はいなくなってしまったのよね。

ドレッドノートで魔の森をスキャンしたから、詳細な地図はもうできている。

古い売れ残り任務も全《すべ》て片付けてしまい、歯ごたえのある任務はもう残ってない。

「ゲオルグ司令官、何か面白い任務はないですか？」

「面白いって任務ったってよ、難しいのはジルが全部片づけてしまったろう。少し、自重してほしいくらいだ。他の隊員の仕事がなくなるじゃねえか」

ということで、あまりに暇だったから、古代都市と深淵《しんえん》ノ砦を道路で結んでみた。

大した暇つぶしにもならなかったから、里と古代都市、深淵ノ砦を道路で結んだ。

これは喜ばれたし、やっているうちに段々と楽しくなってきたので、どんどんエスカレートしちゃうのはしょうがないわよねぇ。

せっかく海に囲まれてるんだし、港街をつくりたくなるというのも自然な成り行きなわけよ。

箱庭みたいな感覚かしら。住みたければ住んでもいいしね。

ワタシはクロコとマシロを連れて、魔の森の東端にやってきた。

「あなたたち、今日はここに港と街をつくるよ！　港ってわかる？」

「あーい、クロコも姉さまの知識を頂いているからわかるのでありんす。お船をいっぱい浮かべて、他の国を滅ぼしに行くのでありんしょう?」

「違うっすよぉ、クロネエ。海賊《かいぞく》がうじゃうじゃいるところっす」

「何を言っておるのじゃ！　港があるところといえば、エッチい場所と決まっておるのじゃ」

「みんな、ちがーう！　ちょっとは合ってるかもしれないけど極端すぎるわよ。

ここには、人間が住める普通の街と、他の国と行き来できる船の玄関を作るのよ」

「クロコは姉さまが世界征服を決意したのかと思いんした」

「マシロも姉さまが海賊になるのかと思ったっす」

「なんじゃ、意外と普通じゃったな」

「ちょっとぉ、ワタシをなんだと思ってるのよ」

みんな暇なのね。

「じゃあ、クロコは印をつけた場所を闇榴弾で更地《さらち》にする役ね。

マシロは防護壁で街を囲って、この絵の通りの門を造ってほしいの。

ワタシは港を作るね。よし、かかれ〜！」

「「おおー！」」

目的を持った時のクロコとマシロは凄い。めちゃくちゃ働く。

もっと時間をかけて繊細に作ろうと思ってたのに、1日で完成してしまった。

港なんて、地球にあるどの港にも引けを取らないのができた。

クロコが作った更地でキャンプをする。

高級食材のビッグボアでバーベキューパーティーをした。

「建物は造らないのでありんすか？」

「そういえば、姉さまが住むためのお城を造らないとダメっすね」

「それなら、姉さまをお祀《まつ》りする、神殿も造らないとダメでありんしょう？」

「姉さま像も建てたいっすよ」

なぜか、ノリノリのクロコとマシロにワタシの方が圧倒されていた。

「えー、それはさすがに、恥ずかしいよぉ」

「何を言うのじゃ。主の存在を世に知らしめるのじゃ」

「ちょっと、ちょっとぉ、そんなに大っぴらにして大丈夫なの？」

「心配はいらんのじゃ。主も強くなったがワシらも強くなったのじゃからな」

結局、豪華なお城と、大神殿を造ってしまった。


突然、深淵ノ砦《とりで》にルーチェを連れた父さまがやってきた。

しばらくすると、盛大に鐘が鳴る。

何度か聞いた、騎士に叙勲《じょくん》される者が決まった時に鳴らす鐘だ。

ゾロゾロと守備隊員たちが集まってくる。

これからゲオルグ司令官が、騎士になる者の名を告げるはずだ。

「ジル・ハイランダー、前に出よ！」

えっ、ワタシ？

「はっ、はい！」

「其方《そなた》の実力は皆が認めるところである。

これまでの功績は計り知れず、皆が躊躇《ちゅうちょ》する困難な任務も完遂《かんすい》させてきた。

よって、其方を1級騎士に叙勲することとする！　おめでとう！」

隊員たちから喝采《かっさい》が上がり、父さまがワタシの首に1級騎士であることを表す黄金のペンダントをかけてくれた。

1級って、母さまと同じってことよね。

なれても最初は3級からだろうなと思っていたので、嬉しさより驚きの方が大きい。

「ジル・ハイランダーよ、其方のこれまでの働き、稀《まれ》に見るものであった。

1級騎士に足る力は十分以上に示したと認める。これからの活躍に期待する」

「はいっ！　騎士として、立向かい、あきらめず、決して引かぬことを誓います！」

クロコとマシロにも従者のペンダントが与えられた。

従魔ではなく、人間の従者として扱われることになったのだ。

父さまの口上《こうじょう》は続いた。

「そして、３ノ砦のルーチェ。其方の実力と働きも皆の前で示された。其方を３級騎士に叙勲する。３級は見習いゆえ、１級騎士のジル付きとする」

司令官の執務室に入り、所属替えの手続きをした。

「ジル。いや、ジル殿。この1年があっという間に感じるよ」

「お世話になりました。ゲオルグ司令官。ワタシも良い経験をさせてもらいました」

「何を言う。それはこちらのセリフだろう！　まったく、息をつく暇もなかったぜ」

「うむ、私も同感だ。里でもお前を信仰する者が現れ始めたしな」

「ははは、ご利益なんかありませんけどね」

「そんなことはない。姿を見せぬ神よりも、奇跡を見せたお前を皆は慕《した》っているのだ」

「もう、神そのものと言ってもいいんじゃね？　ジルがやってることを見りゃ、そうとしか思えねぇもんな」

「ゲオルグ司令官は、たまに言葉が崩れますけど、それが地なんですね？」

「まあな、普段は威厳《いげん》を出すようにしてんだよ。棟梁《とうりょう》に怒られっからな」

「それでだ。ジルを急いで騎士に抜擢《ばってき》したのには訳があるのだ。

エルダグラス王国の事情は知っておるか？」

「いえ、王が高齢であることと、ジャガール帝国と小競《こぜ》り合いを繰り返していることくらいしか知りません。後は本で読んだ歴史的な知識です」

「ふむ、では説明しておこう。実はちょっと困ったことになっている。

ジャガール帝国との関係が芳《かんば》しくないのは昔からだが、現王はできたお方でな、今のところ大きな戦禍《せんか》は避けられている。

だが、その賢き王も長くはない。王太子ハイリッヒは戦上手《いくさじょうず》だが外交は苦手だ。

それを見越してか、帝国が軍備を整え始めている。

規模から見るに、小競り合いなどではなく本気でかかるつもりのようだ。

問題は、このタイミングでミサキリス王女を帝国領の魔導学園へ留学させなくてはならなくなったことだ。

そこで、ジル。お前をミサキリス王女の護衛騎士として送り込もうと考えたわけだ」

「しかし、護衛を付けるより留学を断れば解決するのではないでしょうか」

「それなのだが、この話は交換留学でな、皇帝は第3皇子をすでに寄こしている。

しかも、交換留学を提案したのはエルダラス王国の方なのだ。

断った上に第3皇子に何かあれば、帝国に口実を与えることになるのは間違いない。

無事に送り届けたとしても、口実作りのために実子の命を奪うことすらいとわないとしたら、即開戦は避けられぬ」

「なるほど。事情はよくわかりました。ミサキリス王女をお護《まも》りしましょう。

ですが父さま、１つ問題があるのです」

「ほう、問題とはなんだ？」

「ジャガール帝国の皇帝と将軍は悪神です」

父さまは、皇帝が悪神であることを知っても考えを変えなかった。

好都合というか、なんというか、あれよと言う間に帝国入り決定？

それなら、ワタシもこの状況を利用してやるまでよ。


父さまとエルダラス王国の王都にやってきた。

母さまと過ごす時間もないほどあわただしくドレッドノートに皆を乗せて出発したのだ。

来るときに試してみたら、ルーチェにはドレッドノートの操縦に適性があることが分かった。

龍の因子を持つ謎のルーチェは意外性抜群《ばつぐん》で、アクセス範囲を操縦と武装管制に絞《しぼ》ったらあっさり順応してしまったのよ。

未熟ではあるけれど、暗黒魔法と神聖魔法を覚えて、神代語までマスターしちゃったのよね。

クロコとマシロに適性がなかったから、ちょっと驚いてしまったわ。

ドレッドノートは亜空間に入れていつでも飛べるようにしてある。

王都はさすがに都会で、ここには冒険者ギルドもあった。

父さまについて王城に入ると、すぐに謁見《えっけん》の間に通される。

しばらく待っていると、王とお后、そしてミサキリス王女が現れた。

ハイリッヒは公務でしばらく不在らしい。

「ほっほっほ。ベガリット殿よ、よく参った。早かったではないか」

「王も息災《そくさい》で何より」

「うむ。ぶっきらぼうは相変わらずじゃな。して、そちらがそなたの娘か？」

「ジル、挨拶《あいさつ》を」

「1級騎士の、ジル・ハイランダーでございます」

「ほう、1級騎士とは驚いた。さすがはベガリット殿の娘といったところかの」

「実力は保証しよう」

「ミサキリス、お前の護衛役じゃ。少し話してくるがいい」

「はい、お父様」

ミサキリス王女かぁ、やっぱ王女様は違うわぁ。

見た目で判断すると、10歳くらいなのかな。かなり怜悧《れいり》な印象ね。

「こんにちは、ミサキリスよ」

「初めまして、ミサキリス王女。ジル・ハイランダーです。」

「あなた、本当に1級騎士なの？　教団のローブを着てるし、とてもそうは見えないのだけ

ど」

「はあ、昨日叙勲されたばかりのなりたてなのです。この2人はワタシの従者でクロコとマシロ。こちらは3級騎士のルーチェです」

「ふ～ん、従者さんたちもあまり強そうに見えないわねぇ。でもまあ、宜《よろ》しくおねがいね。私のことはミサキリスでいいわ。私もあなたのことをジルって呼ぶことにするから」

「わかりました、ミサキリス様」

「様もいらないわ。できるだけ目立たないようにしたいのよ」

「わかったわ、ミサキリス、これでいい？」

「うん、オッケー。そんな感じでいいわ。ルーチェ君も同じでよろしくね」

王女様ってもっと気難しいのかと思ってたら、案外気さくだったわ。

出発を明日にしたから、なんとなくあわただしい。

ハイテンションなのは、旅に出られるとはしゃぐミサキリスだけね。

留学先の魔導学園は、ジャガール帝国の辺境都市マルタにある。

魔法に関しては権威《けんい》があるらしいけど、どんなもんかしらね。

立地的には、エルダラス王国領から山脈を隔《へだ》てたところだから距離的には近いけど、山越えルートで行くのは高ランクの冒険者くらいだ。

通常ルートだと山脈を大きく迂回《うかい》するので、どえらい日数がかかる。

もちろんどちらも使わない。ミサキリスには悪いけど、ドレッドノートで一瞬だからね。

ワタシとルーチェはクロコとマシロを連れて、冒険者ギルドにやってきていた。

父さまの指示なんだけど、騎士の身分を秘匿《ひとく》するときに役立つから、登録をするように言われたわけ。騎士の身分がばれないように全員教団ローブ姿だ。

「うっほー、オレが冒険者になれるとは思わなかったな」

「ワタシもよ。ちょっと興味はあったんだけど、ハイランドには支部がなかったからね」

チリンチリ～ン。扉が開くと目の前にカウンターがあった。

「冒険者ギルド、エルダグラス王国本部へようこそ。本日はご依頼ですか？」

「あの～、冒険者の登録をお願いしたいのです」

「これはお珍しい。アテンボロス教団の方が冒険者登録とは」

教団ローブをチョイスしたのは失敗だったかな。

「はあ、ちょっと事情がありまして。ダメでしょうか？」

「いえ、そんなことありませんよ。ではこちらにご記入ください」

受け取った紙には自身の能力を書くようになっていた。

どうせなら高ランクを狙いたいから、できるだけ多く書いておくことにしようかな。

クロコとマシロのは、ワタシが書いてあげなきゃね。

「なあ、ジル。これってどこまで書けばいいんだ？　ぜんぜん書ききれないんだけど」

「あんたってば、字が大きすぎるのよ。もっと小さく書かないと」

「うわっ、なんだよ、お前のは字は小さすぎて読めないぞ！」

「まあ、とりあえず、これで出してみよう」

提出すると、セルマという受付嬢の顔が引きつった。

「えっと、ジル様？　記載内容にお間違えはないですか？　とても人間業《にんげんわざ》ではありませんが」

「あの、これでも書ききれないので端折《はしょ》ってるんですが」

「しょ、少々お待ちください」

「おい、なんかマズくね？」

「そうねぇ、高ランク狙いは失敗だったかな。でも登録してもらわないと困るのよね」

しばらく待つと、大柄な男がやってきた。

ぶぶ、ロードラビットそっくり！　マシロもちょっと嫌な顔をしているわね。

「ギルドマスターのギリガンといいます。この内容で登録したいとか」

「はい、何か問題がありますか？」

「問題も何も、これでは全員最高ランクのSランクになってしまいます。もう1度お尋ねしますが、虚偽はないので？」

「はい。これでも控えめに書いてますから」

「教団のローブを着ているからといって、なんでも通ると思われては困るんですよ。

　これでは実力テストをしなければなりませんな。裏の訓練場へどうぞ」

「オレ、知～らねっと。ジルが代表な。オレ手加減できねーし」

「しょうがないわねぇ」

「姉さまぁ、クロコにお任せでありんす。こんな弱っちいのに姉さまが出る必要はありんせん」

「姉さま？　あいつ豚ウサに似てるっす。マシロに任せてもらえねっすか？」

「だ～め、マシロは殺す気満々じゃん。ここではせいぜい半殺しにするところよ」

「おいおい嬢ちゃん方、こっちに丸聞こえなんだけどよ。ちょっと舐《な》めすぎちゃいないかい？

　そこまで馬鹿にされちゃぁ、こっちも手加減できないぜ！」

　訓練場にやってくると、ギリガンが中央に出て、剣を抜いた。

「あの、ギリガンさん、剣の予備はありますか？」

「なんだ、剣も持ってないのか？　やる気あんのかよ、まったく！」

「そうではなくて、それじゃあ足りないと言っているのです」

「バカにするな！　お前らごときに剣の予備なんかいるかよ！　いつでも来いや！」

「そうですか。では遠慮《えんりょ》なく」

ワタシは軽くダッシュして、ダークソードを発動した左手でギリガンの剣を微塵斬《みじんぎ》りにする。間髪容《かんはつい》れず、後ろ回し蹴《げ》りを叩き込むと、ギリガンが訓練場の端まで吹っ飛んだ。

「あっ、ズルいぞ！　なんだよ今の温《ぬる》い蹴り。オレのときはもっと強いだろ？　結構痛いんだぞ！」

「ルーチェはいいの。頑丈でしょ？」

「うっ、うう〜、いったいどうなりやがった？　ヒラヒラしか見えなかったぞ」

「まだやりますか？　ギリガンさん」

「あたりまえだ！　ホーリーなんざお前のような子供に使えるわけねぇ。それを見せてみろや」

「訓練場に大穴が空きますがいいのですか？」

「そう言えばこちらが引くとでも思ってるのか？　やれるものならやってみろ！」

「では、訓練場から出ていてください。一緒に消滅したくなければね」

「やべぇ、早く逃げろ！」

ルーチェが早速逃げた。クロコとマシロもすっ飛んで後を追う。

ワタシは空間飛翔で飛び上がり、上空からホーリーを放った。

言った通りにしないとカッコ悪いから、魔力を限界まで込めてやる。

眩《まぶ》しい光が地面に当たった瞬間、訓練場全体が光ったように見えた。

あら～、またやりすぎちゃった。訓練場を丸ごとすり鉢《ばち》状の穴に変えてしまったわ。

「ばっばっば、化け物～！」

憔悴《しょうすい》しきったギリガンが、あっさりSランクカードを発行してくれたのは言うまでもない。

「Sランクゲット～！」

「お子様ね、ルーチェは。別に冒険者になるわけじゃないんだからね？」

「わかってるよ。でも憧れるじゃんか、Sランクだぜ？」

「そんなカードより、騎士の証《あかし》のペンダントの方が、ずっと価値あると思うよ」

「そりゃそうだ。でもさ、ちゃんとジル付きの騎士になれたんだもんな。オレって有言実行？」

「3級だけどね」

「それを言うな～！　騎士は騎士だろ？」

「そうね、ルーチェは頑張ったもんね」

「はっはっは、ルーチェ様と呼べ！」

「だから、それはイヤッ！」

「姉さま？　冒険者というのは弱っちいのでありんすなぁ」

「そうっす。あんなのが森に入ったら、瞬殺《しゅんさつ》っすよ」

「まあね。ハイランドにもギルドがあったけど、危険すぎて撤退《てったい》したらしいからね」

父さまがSランクカードを見てから、全《すべ》てを見通すような目でじっとワタシを見つめてきた。

あっ、やべっ、思わず目を逸《そ》らしてしまったわ。

「ちと尋ねるが、なぜSランクなのだ？」

「あはは。それが、その、テストを受けさせられまして、こうなってしまいました」

「ふむ。まさかSランクで登録してくるとは思わなかったぞ。これでは逆に目立つではないか」

「ごめんなさい。すぐに差し替えに行ってきます。父さま」

「今更であろう。まあ、これでよい。説明しなかった私も悪いのだから」

良かったぁ。大穴を空けたことはバレてないみたい。今晩直しに行っとこう。

ギルドの訓練場は夜中のうちに直しておいた。

今頃は不思議がってるだろうけど、前よりマシになったからいいよね。

昼頃、ミサキリスと共に馬車に乗り、帝国との国境方面へ出発した。

8人乗りの大型馬車だったから超余裕だ。ミサキリスの荷物はワタシが収納しているし。

わざわざ馬車を使ったのは、帝国の密偵《みってい》を欺《あざむ》くためだ。

父さまは、帝国領に入ればミサキリスを拉致《らち》するための襲撃があるだろう予想している。

戦の準備をしているくらいだから、手っ取り早く人質にすることくらいやりかねない。

だから出発は派手な演出で見送られたのだけど、王都を出たところから尾行がついた。

帝国領までは1本道だから余程のバカじゃない限り見失いようがない。

距離は開けているみたいだけど、私の感覚はごまかせないのよ。

「父さま、予想通り尾行が付きましたよ。馬2頭2人です」

「ふむ、やはりな。では、作戦を実行するとしようか」

ワタシは馬車の中に、小さなゲートを開いた。

移動中の乗り物からもゲートが開くことは確かめてあったから問題ない。

「さあ、ミサキリス、脱出するよ」

全員が亜空間に入り、ミサキリスにドレッドノートを見せた。

「ジル、なによこれ！　もしかして船？」

「うん。魔導学園にはこれに乗って行くんだよ」

「綺麗《きれい》な色ね。でも真っ赤なんて目立つんじゃない？」

「大丈夫。この船は姿を消せるから心配ないよ」

改めてゲートを開いて、ドレッドノートに乗船した。

今回はルーチェの下手《へた》な操縦に任せるわけにはいかないので、操縦玉座にはワタシが座る。

目の前に巨大なゲートを開いてドレッドノートを発進させた。

「ねえねえ、ここって魔の森じゃない？」

「へえ、よくわかったわね。そう、ここは魔の森よ。ハイランドで父さまを降ろさないとね」

「でも、いきなり魔の森に出ちゃうなんて不思議ね」

亜空間移動のことは、もう秘密でも何でもない。エルダラスの王様も知っているしね。

父さまと王様は信頼関係で結ばれていて、王様はワタシの実力を知った上でミサキリスを任せてくれたのだから。


ハイランドはエルダラス王国から独立することになっている。

というか、書類上の調印はとっくに済んでいて、事実上の王国なんだというから驚いた。

王様は、里の特殊性をよく理解している。

次代の王となるハイリッヒに全《まった》く期待していないから、平和なうちに王国から切り離して帝国から里を護《まも》ろうとしたわけね。

だから、今は任務に出ている騎士たちを呼び戻しているところらしい。

極秘だったから、ワタシも昨日の夜に初めて聞かされたのよ。

父さまは母さまを正式なお后《きさき》にすることにしてくれた。独立よりもこっちの方が嬉しい。

年明け早々に、各国へ通知が届くまでは秘密らしいけど、今度こそワタシも王女？

王太子ハイリッヒはこのことを知らないはずなんだけど、知ったら激怒間違いなしね。

自分の時世では、経済を左右するほど価値のある魔の森の素材と、騎士を失うのだから。

問題は悪神皇帝がどう動くかなのよ。

尾行が付いたくらいだから、このままミサキリスを放っておくわけがないだろうし。

でも、そうなれば、大手を振って迎撃できるから望むところでもあるか。

ハイランドの里の上空に差し掛かると、里の皆がドレッドノートを見て手を振ってくれた。

「ではジル。ミサキリス王女を頼むぞ」

「はい、父さま。命に代えましても護り通します」

開かれたゲートから父さまが出ていくと、ワタシはステルスモードで船を帝国へ向けた。

帝国領マルタの位置は既に確かめてあるから、楽なものよ。

「ねえ、ジル。あなたって凄《すご》いのね」

「う〜ん。父さまと母さまに鍛えられたからね。魔の森で育ったようなものだし」

「1級騎士はほんの数人しかいないって聞いたけど、伊達《だて》じゃないわね」

「ミサキリス、実際どこまで聞いてるかわからないけれど、今回の帝国行きは相当に危険よ」

「うん。交換留学は名ばかりってのはわかってるわ」

「それはもちろんそう。だけどもう1つの危険があるのよ。

それはミサキリスにというよりも、ワタシに向いている危険といってもいいかもしれない」

「どういうこと？　ハイランドが独立する話なら聞いてるわよ」

「ジャガール帝国の皇帝は神なのよ。それも悪い方のね。

ワタシは悪神と呼んでるけど、見つかれば殺し合わなきゃならないのよ」

「ねえ、ハイランドの女神の噂《うわさ》って、もしかして出所《でどころ》はジルかしら？」

「へぇ、意外と鋭いのね。今の話だけでよくそこに行きついた」

「ふふっ、私だって王族なのよ。里と棟梁《とうりょう》家の重要性くらい承知してるわ。

要するにジルは、その悪神に目を付けられるくらいの存在だっていうことよね。

伝承にある3対《つい》の翼が生えてるっていうのもほんと？」

「そんなことまで伝わってるの？　じゃあ皇帝にも知られていると思った方が良いわね」

問題は、ミサキリスと一緒に魔導学園に入学するワタシが本名を使うということなのよねぇ。

3対の翼を持ったハイランドの女神の噂がたって、魔の森から悪神が消えた。

学園内で翼は隠し通せないだろうし、無関係では済ませてくれないよね。絶対無理だ。

こりゃ、最初っから臨戦態勢で行くしかないわね。

その後、ミサキリスに翼を弄《いじ》られて悶絶《もんぜつ》しかかり、ドレッドノートがふらついた。


山脈を越えて、帝国領マルタの近郊までやってきたので、ドローンを飛ばして地上にゲートポイントを作ることにする。

ドレッドノートから得た知識の応用で、ワタシのドローンはヒモ付きから解放されているから、事実上距離は関係なくなった。

巨大なゲートを出してドレッドノートを収容すると、さっき作ったゲートを開いて地上に降り立つ。

「クロコ、マシロ、あなたたちは常にミサキリスの護衛ね。基本的にはワタシもそうなんだけど、ワタシとミサキリスが別れた時はミサキリスを護ること」

「あーい。クロコ様にお任せでありんす！」

「マシロ様もバッチリっす」

「ちょっとあんたたち、ルーチェの真似《まね》は止めなよ。バカがうつるよ！」

「なんだよ、オレのどこがバカなんだよ。そんでオレは？」

「ルーチェは好きにしてていいわ」

「なんか冷てーな。オレだけのけものなのかい？」

「そうじゃないよ、ルーチェは女子寮に入れないでしょ？　だから自由に行動して、何か気付いたことがあったら教えてほしいの。せっかく思念話を使えるようになったんだから、使わないとね」

「オッケー、そういうことならルーチェ様に任せろ！」

マルタの街へはすんなり入れた。

ワタシとミサキリス、ルーチェには編入学許可証があるからで、クロコとマシロはワタシたちを護衛してきた冒険者ということでフリーパスだったわけだ。

ただし、クロコとマシロはSランクの義務とかで冒険者ギルドへ行けと言われてしまった。

しかもご丁寧《ていねい》に衛士の案内付きだから、冒険者ギルドに寄らないわけにはいかない。

そういえばギリガンが言ってたな。

Sランク冒険者は好待遇を得られて、ギルドマスターと面会できる。

その代わりに、立ち寄ったギルドが手に負えない案件を片付けなければならないと。

冒険者ギルドマルタ支部はこぢんまりとしていたけど活気があるように見える。

確かに山脈が近くて魔物も多いから、冒険者もそれなりの人数がいそうだ。

なんだかバタついてるような感じだけど、ここはワタシが代表して話をするところよね。

カウンターでSランクカードを見せると、とにかく来てくれと訓練場に連れていかれた。

なんじゃ、こりゃ。訓練場が野戦病院みたいになってるよ。

「ギルドマスター！　Sランクの方が来てくれました！」

「なに！　そりゃ助かった。それでその方たちはどこにいる？」

「えっと、この方たちです」

思いっきり胡散臭《うさんくさ》そうに見られたけど、まあしょうがない。

「ギルドマスターのコルテスだ。あんたらほんとにSランクなのか？」

「はい。正門の衛士さんからくるように言われました。いったいこれはどうなってるんです？」

「それがなあ、この辺りじゃ見かけねえはずのアサシンラビットが大量に出やがったんだ。うちの冒険者じゃ太刀《たち》打《う》ちできなくてこのありさまさ。あんたらでなんとか出来ねえか？」

あ〜、これは絶対魔の森にいたやつだ。マシロが目の敵《かたき》にしてるから逃げてきたんだな。

「わかりましたコルテスさん。ワタシたちに任せてください」

「う〜ん、疑うようで悪いが、とてもあんたらで何とかできるとは思えないんだがな」

「大丈夫ですよ。では、まずはこの人たちを治しましょう」

ワタシは癒《いや》しの聖域で、そこらじゅうで苦しんでいた冒険者たちを一気に治療してやった。

「なんだぁ？　こんな見事な治療、見たことねえぞ！　どうやら実力は確かみてぇだな。アサシンラビットはあんたらに任せる。場所は南の方だ。行きゃあすぐわかる」

急いだほうがよさそうだったから、皆を亜空間に入れて空間飛翔で南へ飛んだ。

アサシンラビットはすぐに見つかった。

「あんにゃろうども、こんなところに来てたんすね。マシロが行ってぶち殺してくるっす！」

亜空間から出たマシロが、元同族を見て憤っている。

「ここは全員で当たるよ。エレボスはミサキリスを結界で護ってね。すぐに終わるから」

「任せるのじゃ。小一時間なら問題ないのじゃ」

「ミサキリス、ちょっと行ってくるから待っててね」

「大丈夫。私もジルたちの戦いを見たいから一緒に行くわ」

「わかった。離れててくれたらいいよ」

「ルーチェ、アサシンラビットは氷魔法を使うから、気を付けてよ」

「おう、大丈夫だ。と思う」

「じゃあ皆行くよ！」

「「おー！」」

アサシンラビットは斜面の洞窟《どうくつ》を根城《ねじろ》にしていて、数は120くらいか。まあ、楽勝ね。

まず、マシロとルーチェが突っ込んでいった。

バカ力のルーチェは、魔法を躱《かわ》しながら両手に持った手斧《ておの》でぶった斬っていく。

2人に任せておけば大丈夫そうだけど、アサシンラビットはすぐ逃げるからな。

ワタシは上空から、逃走しようとしたアサシンラビットを狙撃した。

ミサキリスに向かってきたやつは、クロコが斬糸《ざんし》で軽く首を刎《は》ねている。

最後にマシロが洞窟に突入し、逃げ出してきた個体をルーチェが斃《たお》して片が付いた。

ものの10分もかかっていない。歯ごたえがなかったわねぇ。

死体を回収してから亜空間移動でギルドにもどると、コルテスがまだ訓練場にいた。

「おう、どうした。忘れ物でもしたのか？　それとも怖気《おじけ》づいたってのかい？」

「討伐《とうばつ》は完了しましたよ」

「なに！　もうか。さすがにそれは信じられん。斃したアサシンラビットはどうした？」

ワタシは収納してあったアサシンラビットを全て出してやった。

「うおー、こりゃたまげた！　疑って悪かったよ。確かに間違いねぇ！」

「アサシンラビットは全て殺しましたから、もう安全です」

「なあ、さっきから見えちまってて気になってたんだけどよ、胸に下げてるのって1級騎士の証じゃねぇのかい？」

あっ、いけね！　そういえば全然気にしてなかったわね。

「何のことでしょう？」

「いや、いいんだ。ここは帝国領だからな。

だがな、ハイランドの騎士だったとしても、助けてもらったのは間違いねぇ。感謝するよ。

あんたら、学園に編入するんだろ？　なんかあったら言ってくれ。協力すっから」

「はあ、よくご存じで」

「まあ、こんな辺境に来るんは学園関係者くらいしかいねぇし、さっきの衛士に聞いたんだよ。

それに、あんたらがいてくれた方がこっちも安心だしな。名を聞かせてくれるかい？」

「ジルといいます。ではコルテスさん、こんなことを頼むのは心得違いかもしれませんけど、帝国に動きがあったら教えてもらえますか？」

「そんなのは、お安い御用だよ。俺は帝国で生まれたが、ギルドは国に縛《しば》られねぇ。冒険者のためなら、国は二の次なのさ。しかし、その歳《とし》で1級騎士かぁ。訳は聞かんが、ここは敵地だから気を付けてくれ」

「ありがとうございます、コルテスさん。では、また」

冒険者ギルドも捨てたもんじゃないわね。


魔導学園の門番に許可証を見せると、学園長室に案内してくれるという。

御付きの世話係は1人に1人ずつ認められるということで、クロコとマシロも無事に入ることができた。

「ミサキリス王女よ、良く参られた。わしが学園長のダムドロスじゃ」

「ミサキリス・エルダラスでございます。お世話になります」

「ジル・ハイランダーと申します」

「その歳でハイランダー姓を名乗るということは、騎士の棟梁家直系かの」

「ルーチェ・ブラックナイトです」

〈ちょっとルーチェ！　なんなのよ、そのブラックナイトって〉

〈だって、オレだけ姓がないのカッコ悪いだろ？　見習いだからハイランダー姓名乗れないし〉

「ふむ、許可証にはただのルーチェとなっておるがな。まあよろしい。

本来は、実力別にクラス分けするのじゃが、留学生には高貴な出も多いので、特Sクラスに編入させることになっておる。

制服を支給し、特S寮に入寮してもらうが、ミサキリスとジルは同室でよろしいか？」

「はいそれで結構です。ジルと一緒の方が安心ですし」

「して、ブラックナイト殿は、どうするね？」

「あはは、できれば、2人の近くが良いです」

「ふむ。では、特S寮の庭園に離れがあるから、そこを片付けて使ってもよいぞ」

「ありがとうございます」

支給された制服はブラウスとベストにスカートだ。デザインはまあまあね。

そのままでは着れないので、複写創造と改良で翼を逃がす穴の空いたのを自分で作った。

部屋がめちゃくちゃ狭い。これって1人部屋じゃない？

ここに、クロコとマシロも入れて4人て無理っしょ。

「狭いわねぇ。ここ1人用かしら」

「うん。学園長のやつ、ミサキリスのことを軽んじてるのかな」

授業は明日からでいいので離れを探しに行ったら、ちょっとした雑木林の中にあった。

制服に着替えたルーチェが途方に暮れている。

「ぶわっはっは。ルーチェ、なにしょんぼりしちゃってんのさ」

「ジル、見てくれよ～。これどう見たって物置小屋だろう」

「あはは、あんたが痛い姓を名乗るからでしょう？　でも確かにこりゃ酷《ひど》いわ」

「ガラクタはジルが収納しちゃえば？　それにここの方が広いわよね。

片付ければ全員で住めるんじゃない？　静かでいいところだし」

「お～、なるほど。ゴミはホーリーで消滅させて、使えそうなのは使う？」

「いいわね。私、リフレッシュが使えるから、掃除《そうじ》できるよ」

「ワタシも使えるよ。それに創造魔法があるから、大改造しよっか」

「そんなこともできるの？　やるやる！」

「おい、ブラックナイト様の部屋もたのむぜ」

「あんたはうるさいから地下室ね」

「なんでだよぉ、それじゃあ地下牢みたいじゃん」

よし、改造開始だ。物置といっても縦横20メートルはあるから、確かに広い。

意外と使えるものが少なかったのにはがっかりだったけど、必要なものは新しく作ればいい。

外観はそのままにして、中はガッツリ弄《いじ》る。

雑木林も整地して、石畳の通路を造ったら見違えるようになった。

「姉さま、クロコとマシロちゃんが見張れる、櫓《やぐら》を造ってほしいのでありんす」

「地下に水脈があるんで、堀に水を引いて跳ね橋にしたらいいと思うっすよ」

「それじゃぁ、砦《とりで》になっちゃうでしょ」

「ですが姉さま、敵が攻め難《にく》い方がいいのでありんしょう?」

「まあね。じゃあ、やってみよっか」

結局防護壁も造ることになり、かなり厳重なミニ砦になってしまった。

翌朝、特Sクラスの担任を連れたダムドロスがやってきた。

櫓の上にいたマシロから思念話が入ったので跳ね橋を下ろす。

翼を隠すため、教団ローブを着てから出迎えた。

「学園長、おはようございます。寮は狭かったので、ここに皆で住むことにしました」

「ここはこんなんじゃったかな。もっとボロッちかったじゃろ」

「ええ、住めるように改造していたら、いつのまにかこうなってしまいました」

「誰の許可を得て改造したのじゃ?　ん?　無断ではないのか?」

あれ?　なんとなく悪意を感じるんだけど、気のせい?

「学園長、ジルは私のためを思って、してくれたのです。

それに、ルーチェ君をこんなところに住まわすこと自体おかしいのじゃないですか?」

「ふむ。では聞くが、名を偽ったのはどこのどいつじゃ?　なあ、ブラックナイト殿よ。

それに、ミサキリスとジルには部屋を与えたはずじゃ」

「お言葉ではありますが、学園長。ミサキリスは大国の王女。ワタシとの同室とのことでしたが、あれでは1人部屋と変わりません。それに御付きが2人いるのですよ？　明らかに狭すぎます」

「ほう、言うの。まあ良い。してここにあった、大切な学園の備品はどうしたのじゃ？」

あっ、やられた。そう来るとは思わなかった。ミサキリスもハッとしてる。

「使い物にならなかったので、ゴミだと思って処分してしまいました」

「ほう、大切な備品をゴミと申すか。ジルは、ゴミを見つけたら処分する性分と見える」

やっぱりまずかったのか。考えてみれば敵地だもんね。

冒険者ギルドが友好的だったから、ここも同じだと勝手に思い込んでいたわ。

見た目は子供だもんね。どうせ皇帝から虐《いじ》めてやれとでも言われたのだろう。

「あの、どうしたらいいでしょう。ここを元に戻すことはできますが、備品は戻りません」

「ふむ。では学園から出たゴミを捨てている穴があるのじゃが、そのゴミを片してもらうということでどうじゃ？　見事空《から》にしてくれたならここにこのまま住むことを許そう」

くっそぉー！　悔《くや》しいけど、受けるしかないわ。

連れてこられた南端のゴミ投棄場はゴミであふれ返っていた。ミサキリスも絶句してる。

数十年分。いや、もしかしたら百年以上？

「どうした、できぬのか？　このゴミを綺麗《きれい》に片すまで、授業に出ることも、離れに寝泊まりすることも罷《まか》りならんとそう思え！」

　ダムドロスたちが引きあげていったあと、ワタシたちは茫然《ぼうぜん》と立ち尽くしていた。

「ごめん、ジル。私が離れに住みたいなんて言わなければこんなことにはならなかったね」

「ミサキリスはそんなこと言わなくていい。事前に見抜けなかったワタシの失態よ」

「ジル。オレのせいだ！　こんなことになるなんて思ってもみなかった」

「大丈夫よ、ルーチェも気にしなくていい。とにかく今できることをしましょう」

「姉さまぁ、じじいをぶっ殺して、さっさと森に帰りんしょう！」

「クロネエの言う通りっす。姉さまの力なら、街ごと吹っ飛ばせるっす！」

「ダーメ。今はその時ではないよ。何にせよ、このゴミを何とかしなくちゃね」

　う～ん、でも収納庫じゃ無理ね。量はともかく、数量が莫大《ばくだい》だもの。

「簡単ではないか、我が主よ。亜空間に一旦入れてしまえばいいのじゃ。

　ワシも腹に据えかねたのじゃ。ここを立ち去る時に、ブチ撒《ま》いてやるがいいのじゃ」

「姉さま、エレボス様の案は理に適っているのでありんす。片せと言ったのでありんす」

「そうっすよ。空にしろとも言ったっす。処分しろとは言ってないっす」

「あははは、なるほど、確かにそう言ったわね。わかったわ、エレボス案でいくよ」

　ワタシはドローン8個を使って、ゴミを吸い上げては専用に分けた亜空間に詰め込んだ。

　投棄場はかなり深くて、予想以上の量だったけど、こうなると量はあまり関係ない。

「うわっ、なに？　この刺激臭」

「ジル～、目と鼻が痛いよぉ～」

「ミサキリスは、少し離れてて。クロコとマシロもミサキリスと一緒に離れてていいよ」

「ジル、オレも離れてていい？」

「ダメに決まってるでしょ！　ワタシを1人でここにおいていくわけ？　薄情者！」

「わかったよぉ。でも臭《にお》いはともかくなんでこんなに目が痛いんだ？

下に溜まったカラフルな泥が原因なんだろうけど」

「ゴミからしみ出したものもありそうだけど、実験に使った薬品もかなり捨ててたみたい。

それが混じり合って偶然こうなったのよ。それにしても見るからにヤバそうな色ね」

涙目になりながら底に溜まった汚泥を吸い上げて、専用の亜空間に詰め込んだ。

ダムドロスのクソじじいめ！　今に見てろよ、バカヤロー！

「あー、やっと終わった！　遺跡の発掘より大変だったわ。目と鼻の痛いのがとれないよ」

「でも、凄《すご》いわね。あれだけの量を昼までに片付けちゃうなんて。臭いもすっかり消えたわね」

「まあね。これを返すときのことを考えたら、疲れも吹き飛んだわよ」

その後、ダムドロスに報告したら、案《あん》の定《じょう》見に来て驚いていた。

「信じられぬ！　どのようにしたら、こんなに綺麗になるのじゃ？」

「はあ、頑張りましたとしか言えませんねぇ」

「馬鹿にするでないぞ。どんな魔法を使ったのじゃ！」

「まあ、いいじゃありませんか。ジルは頑張ったんですから。

約束ですから、私たちは離れに住み、授業にも出られるということでいいですね？」

「うっ、うむ。致し方ない。許可しよう」

ふー、何とか切り抜けたわね。

だけど、おぼえてろよ！　神が祟《たた》るってことを、いつか思い知らせてやるんだから。

姓名：ジル・ハイランダー　種族：神魔族　性別：女　年齢：6歳（5歳）
レベル：２２６（１８０）状態：不老　職業：野良《のら》女神　加護：転生神　祝福：エレボス
ギフト：解析　魔眼　完全言語　完全識字　思念話　偽装
称号：ハイランドの聖女　ハイランドの女神
固有能力：妄想　最適化　並列思考　森羅万象《しんらばんしょう》　魔導錬成　状態異常無効　高速再生　六神翼
生命力９６０００（７６５００）魔力１１３０００（９００００）
攻撃力１４８００（１１８００）防御力１４８００（１１８００）
敏捷《びんしょう》１１３００（９０００）知力４１５０（３３００）運60（56）
スキル：高速演算　精密魔力操作　魔素錬成　魔力感知　気配感知　存在感知　超感覚

索敵　気配遮断　隠密　五感強化　自在照準　体術　魔闘術　神闘術　夢現魔法ＬＶ４
闇魔法ＭＡＸ　暗黒魔法ＭＡＸ　神聖魔法ＭＡＸ　光魔法ＭＡＸ　重力魔法ＭＡＸ
混沌《こんとん》魔法ＭＡＸ　時空魔法ＬＶ９　次元魔法ＬＶ８　補助魔法ＬＶ９　暗殺術ＭＡＸ
威圧ＬＶ７　精霊魔法：エレボス（固有魔法：結界　反物質錬成　破壊光線）

⑫ 仕返しと脱出……………………

間もなく年が明ける。

よくここまで耐えてきたよ。

何度、ダムドロスをぶち殺してやろうと思ったことか。

ことあるごとにダムドロスの嫌がらせが続いたんだけど、ワタシたちは隙《すき》を見せなかった。

特Sクラスには帝国貴族の子弟なんかが多いから、当然、ワタシたちは仲間外れにされる。

クロコとマシロが常に爆発寸前で、そっちの方が怖かったわね。

ミサキリスもよく耐えていた。

さすが王家の血筋。いつも毅然《きぜん》としていて威厳すら感じたもの。

ワタシはというと、常に周囲を威圧していて恐怖を撒《ま》き散らしていた。

そのうち恐《おそ》れが畏れに変わり、威圧ＬＶ10の神の霊気を身に着けてしまったわよ。

最近、ルーチェのやさぐれ方がハンパない。常に周りを威嚇《いかく》している感じだ。

龍の因子を持つだけあってルーチェの眼光は並じゃない。マジで光ってるし。

クロコとマシロはなぜかルーチェのことが大好きで、すぐに真似《まね》をするものだから一緒になって周りを睨《にら》み倒しちゃってる。

無意識だとは思うけど、2人はルーチェの中に龍を感じてるんだと思う。

ワタシたちが近づくと、まずワタシの霊気を感じて畏れ慄《おのの》いて、ルーチェとクロコとマシロの睨み倒しで恐怖し、ミサキリスの威厳が相乗効果となって生徒たちが十戒《じっかい》のように割れる。

いつしか、ワタシたちに嫌がらせをする者がいなくなって、学園生活が楽になっていた。

ダムドロス学園長には、念のため専用ドローンを張り付けてある。

脅《おど》かしてやりたくて妄想してたら、暗殺術ＬＶ７の死の宣告を習得してしまった。

ワタシの妄想パワーは、強く想えば想うほどワタシの願いを叶《かな》えてくれる。

毎夜、地獄の底から響くような声音《こわね》で名を呼んで脅かすのが超楽しくてしかたがない。

「ダ～ム～ド～ロ～ス～～！」とやると、絵に描いたように震えあがる
昨晩なんか、霊気を込めて名を呼んでやったら、失禁した後に脱糞《だっぷん》しちゃったよ。

それにしても、相変わらず悪神皇帝は動かない。それがかえって不気味なんだよね。

間もなくハイランド王国の独立宣言書が帝国にも届くはずだから、何かが起こるはずだ。

「ねえ、ジル。冬期休暇はどうするの？」

「どうしようか。勝手に帰るわけにもいかないもんね」

「下手《へた》に動くと危ねぇんじゃね？　ここにいるから襲撃されないんじゃねぇのかなぁ」

「ほう、ルーチェも頭を使うようになったわね。そう、その通りだと思うよ」

「結局このまんまかよ。いい加減、退屈だよな」

「でも、もうすぐハイランド王国独立の報が帝国にも届くから、皇帝は動くと思う。

　ワタシはそれを待ってるんだよ」

「それで、ジルの予想では皇帝はどう動くの？」

「そうねぇ。まず、皇帝が戦《いくさ》を始める目的がはっきりしないから何とも言えないけれど、1番最初にミサキリスを拘束《こうそく》しようとするのは確かね。

ただね、皇帝の目的がハイランドの壊滅《かいめつ》だとしたら、ハイランド王国として独立してしまうとエルダラス王国はどうでもよくなると思うの。

そうすると、ミサキリスを拘束する意味がなくなるから目的は皆殺しになるわ。

ハイランドの里は1度悪神に襲われているのよ」

「ああ、やっぱりそうなるか。私もなんとなく同じように考えてたよ」

「でも心配いらない。そうなったときのことは父さまと決めてあるから」

「どうするの？」

「みんなで脱出して一旦ハイランドへ帰るの。

今は騎士たちが帰国しているはずだし、父さまも準備万端整えている。

でも、残念だけど王太子の力じゃ悪神が率いる帝国軍には敵《かな》わない」

「そうね。それは仕方ないと思う。それはいつくらいになりそう？」

「ワタシの予想では、そう遠くないわね。

冬期休暇で生徒がいなくなれば間違いなく帝国軍は突入してくるよ。

ハイランドが独立しなかったとしても、状況は同じだと思う。

すでに、マルタにはおよそ２０００の帝国兵が入っているんだもの」

ちょっと、ショッキングだったかな。ミサキリスが顔を伏せてしまった。

「ミサキリス様？　姉さまに任せておけば、万事うまくいくのでありんす！」

「そうっすよ。何も心配いらないっす！」

「ルーチェ様もいるしな！」

「そう。ミサキリスは、何も心配しなくていいよ」

さて、悪神としての皇帝がどう動くかだ。

ドローンが気付かれると拙《まず》いからあまり近づけてはいないけれど、帝国領内のあちこちで兵士の動員が始まっている。

悪神だってバカではない。

ハイランドの女神の噂《うわさ》と魔の森の悪神が消えたことを、絶対結びつけるはず。

軍を起こす理由はワタシごとハイランドを滅ぼすためなのかな。

だとしたら、ジャガール帝国軍がエルダラス王国に侵攻するのはハイランド王国への通り道だからに過ぎないことになる。

冬期休暇に入った。

2日目には、ほとんどの生徒たちが帰省してしまったので、かなり静かになった。

この状況が2か月続くのよね。

「あら、良い匂《にお》いね。砦《とりで》で仕込まれたんだよ。ルーチェって料理できるんだ」

「まあね。砦で仕込まれたんだよ。

3ノ砦には野営訓練もあってさ、オレが小さいからって食事ばっか作らされたからな」

「そうだったんだ。ワタシはどっちかっていうと料理が苦手だから、ルーチェに任せるよ」

「おう、任せておいてくれ。バーベキューしかできないけどな」

「それで十分よ。水と食材の心配はいらないから、しばらく籠城《ろうじょう》ね」

「ミサキリスはまだ寝てんの？」

「うん。めっちゃ朝弱いのよ。無理に起こすと機嫌悪くてさぁ。

それに、クロコとマシロは櫓《やぐら》から全然降りてこないし。あの2人ほんと仲がいいのよね」

「なあ、ジルとクロコとマシロは姉妹なんだろ？　でさでさ、オレの立場ってなに？」

「あんたはワタシの下僕《げぼく》に決まってるでしょ！」

「ヤダッ！　絶対ヤダ！　オレ下僕になんてなんねえし！」

「冗談よ。そんな風に思ってるわけないでしょ？」

「なあジル？　なんで、オレってメニューが使えないんだろう。自分が使える能力はなんとなくわかるんだけど、レベルがわからないから、どんだけ強くなってるかわかんないんだよな」

「龍の因子が特殊ってことなんだろうけど、ワタシでも解析できないからわからないよ。ルーチェは夢を見たりしないの？」

「それがさぁ、最近龍の夢をしょっちゅう見るんだよな。しかも、ジルが出てくるんだぜ」

「えっ、ワタシ？」

「っていうか、大人ジル？　翼が生えてるからジルなんだと思うってだけどな」

「ちょっと待って！　あんた、それってテルスの夢なんじゃないの？」

「ああ、ジルのご先祖様？　麗神って言ったっけ」

「前に説明したじゃない。ご先祖じゃなくて生まれ変わりだっちゅうの。そんでルーチェはどんな龍の夢を見るの？」

「ああ、自分の姿は見えないんだけど、オレも龍みたいなんだ。赤と青と白と銀の龍がいて、飛んでって一緒に戦ってる感じ」

「へぇ～、ワタシも見たことあるよ、５体の龍の夢。

ルーチェの夢にその４体しか出てこないなら、ルーチェはきっと黒龍ね。

ワタシの夢にはその４体のほかに黒いのがいたもの。

ルーチェって、もしかして黒龍の生まれ変わりなんじゃないの？」

「いや、さっぱりわからん。全然記憶ないし。ジルもテルスの記憶はないんだろ？」

「そうね。でも、テルスだったことを受け入れたら、なんとなくテルスのことがわかってきたっていうか、能力を少しずつ取り戻してきてるって感じね。

夢の中でできたことが、現実でできるようになったりもするんだよ」

「そうなのか？　オレは口から黒い球を吐《は》いて、敵を吹っ飛ばしてたぞ。

オレも口から吐くんかな」

「龍ならそういうこともあるかもしれないわね。ブレス攻撃とか？」

「それカッコいい！　でもよ、オレが馬鹿力で頑丈なのは龍の力なんだろうな。

アサシンラビットの魔法が当たってもダメージなかったし」

「うん、それは間違いなく龍の力だと思う。ルーチェって龍化できないの？」

「オレもそれ考えた。でも、全くできそうな気がしねえのよ」

「そうかぁ。ワタシに翼が生えたみたいに、ルーチェにもなにかあればいいのにね。

メニューが使えないのと解析できないのは痛いなぁ。

でもガンガン魔物を斃せば、できるようになるかもよ。

それとも、いっぺん死んでから、生き返るとか」

「なんだよそれ、こえ〜よ！」

「えー、だって、母さまだって生き返ったら不老になって、強くなってたんだよ？　だから、不老の父さまが母さまを后《きさき》にする気になったんだと思う」

「なあ、それって、単純にジルの力なんじゃね？」

「う〜ん、そうなのかなぁ。

でもさ、ルーチェが夢の中で口から吐いた黒い球って反物質ショットだと思うんだよ。しかも飛んでるなら、空間飛翔が使えてるってことよね。

夢の中でできるのなら、現実でも使えると思うんだけどなぁ」

「それが、全然ダメなんだよ。やり方は船から教わったからわかるんだけど、なにか足りないんだよなぁ。それ以外の闇魔法と暗黒魔法はだいたい使えるんだけどさ」

「まあ、気長にやるしかないわね。ワタシたちまだ子供だし」

「いやぁ、ジルは見た目は子供だけど、中身は大人みたいだぞ。ダムドロスのじじいも、大変なのを敵に回したよな。最近のやつれ具合、マジヤバいぞ」

「ワタシだってバレてるかなぁ」

「バレてるに決まってるだろ！　バレてないと思ってる方がおかしくね？」

「あはは、だ〜よ〜ね〜！」

ルーチェがそばにいてくれて救われてる気がする。

エレボスやクロコ、マシロはとても大切な家族だけど、友達って感じじゃないもんね。

ルーチェをイジッてると、とても和《なご》むんだよな。


冬期休暇に入って10日目、マルタ入りしていた帝国軍がやっと動き出した。

冒険者ギルドのコルテスから、皇帝直属の特殊部隊だということは情報が入っている。

ワタシたちを逃がさないためか、学園内の敷地内に一気に雪崩《なだ》れ込んできた。

情報がなくたって、ドローンで視《み》てるから全部把握《はあく》してるけどね。


「ダムドロス殿、ご協力感謝する」

「やっと来てくださったか。早く、あのジル・ハイランダーを何とかしてくだされい！」

「うむ。皇帝の勅命《ちょくめい》で、確実に仕留めよとの仰《おお》せであるからな、決して逃がしはせぬ。ミサキリス王女さえ拘束できればよい。後は皆殺しにするつもりだ」

「ほっほっほ、それは良きかな。これで、ハイランドの魔女も終わりじゃな」

ふーん。皇帝の奴、ワタシの抹殺《まっさつ》指令を出したんだ。それならこっちも遠慮はいらないね。

〈姉さま？　奴ら、ここを囲んだのでありんす〉

〈うん、ワタシも視ている。跳ね橋は上げてあるから、放っておきなさい。

堀にはお腹を空《す》かしたピラニエルをいっぱい放しておいたから、きっとビックリするよ〉

〈姉さま、あいつらやたら数が増えてるっす。３０００はいるっすよ〉

〈あはは、数は関係ないよ。突入できても、ワナだらけだしね。上から見た方が面白いから〉

動きがあったらワタシたちもそこに行くね。

「ミサキリス、とうとう帝国軍が動いたよ。ここも囲まれちゃった」

「ジルのその余裕がうらやましいわ。私、結構ドキドキなんだけど」

「まあ見ててよ。ただ逃げるだけなんてつまらないから、目にもの見せてやるわ」

隊長が、テキパキと兵士に指示している。

「ミサキリス、ルーチェ、櫓の上に行くよ！」

亜空間移動で櫓の小屋に移動した。

いつでも逃げられるように、ドレッドノートのブリッジへの直通ゲートを開けておく。

「なあ、あいつら堀に入るみたいだけど、ピラニエルに喰われるんじゃないか？」

「そうね、1人か2人は喰われるかも」

「ジルはこえ～な」

「ルーチェ、あまいよ！　あいつらミサキリス以外は皆殺しにするって言ってたんだから」

「そうなのか？　ならしゃあないな。つーか、喰われちまえ！」

と言っている間に3人喰われてるし。

今度は木を切り倒して堀の上に渡すのか。まあ、ワタシでもそうするわね。

あ～らぁ、跳ね橋を下ろされちゃったわ。まあいい。ダークスポット地獄へようこそ！

「ジルの落とし穴って、凄《すご》いのね」

「あれは、ダークスポットという闇魔法なの。

浅いけど、落ちたら胸から下ががっちり固定されて動けなくなるのよ」

「うわ～、地面から人が生えているみたいだな。上から見てるとキモいぜ」

「うん、これで奴らは火をかけられなくなった。

ダークスポットからは、しばらく抜けられないからね」

次々と帝国兵が落とし穴に嵌《はま》って行き、２００人は動けなくなった。

隙間《すきま》なく配置したから、歩くにも、嵌った奴を踏んでいかなければならない。

「なんだか、帝国兵が可哀想《かわいそう》になってきたわね」

「まあね、ワタシをどうにかしたいなら、兵士を10万くらい連れてこないと」

「おい、あいつら小屋に火を点けたぞ。えげつないなぁ」

「味方の命を犠牲にしても、目的優先ってことか。もう、ここまでね。

ルーチェ、ミサキリスをドレッドノートに連れてってくれる？

ワタシは仕上げをしてから行くから」

「オッケー、任せろ！」

「じゃあミサキリス。ちょっと行ってくる」

「ジル、無茶しないでよね」

「大丈夫。ちょっと懲《こ》らしめてくるだけだから」

学園の制服を脱いで、ミスリルチェーンのワンピースに着替えた。

翼を隠す意味はもうないものね。

「クロコ、マシロ、行くよ！」

「あーい！」「待ってましたっす！」

櫓にも火がかかり、途中まで燃え上がってきてる。

ほんとにミサキリスを生きて捕える気があったのかしら？

空間飛翔で櫓から飛び出して、隊長の目の前に着地してやった。

さすが特殊部隊、あっという間にワタシたちは取り囲まれてしまったわよ。

すぐ傍で見物してたダムドロス学園長を見たら、思いっきり目を逸《そ》らしやがった。

「隊長さんとお見受けします。これはいったいどういうことでしょう？」

「ふむ、3対《つい》の翼か。情報通りであるな。ジル・ハイランダー殿とお見受けいたす。

いや、ジル王女と呼ばねば失礼よな」

「ふ～ん、情報が早いのね。ワタシに翼が生えていることまで知られてるんだ」

「我が帝国の諜報《ちょうほう》力を舐めんでほしいな。我が神、コンスタンティン様は全てお見通しだ」

「皇帝が悪神と知ってて仕えてるのね？　なら、あんたたちもワタシの敵よ」

「ふん、神をも恐れぬ愚か者たちめ！　鬼神ゴズヌ様を殺したのは、お前たちハイランドの民であろう？」

「へぇー、魔の森の悪神はゴズヌっていうんだ。ゴズヌを斃《たお》したのはワタシよ」

「ほう、お前が殺《や》ったのか。では、俺がお前を殺して手柄にしてくれよう。もはや逃げられぬぞ！」

「やれるものなら、やってみなさいよ！」

隊長が抜き打ちでワタシに剣を叩きつけてきたけど、右手に発動したダークソードで剣を鍔《つば》元《もと》から斬り飛ばし、そのまま首を斬り落とした。

ワタシは神の霊気を全開にして、クロコとマシロを引き付けると神聖結界を発動する。

畏《おそ》れ慄《おのの》いた30人ほどの兵士が堀に落ちたけど、助けてなんかやらない。

「ダムドロス学園長？　見てわかる通り今のは正当防衛です。先ほどワタシたちを皆殺しにすると聞いて、喜んでましたね。ここまでされては、この学園に留まる意味はもうありません。つきましては、お預かりしていたものを全てお返しいたしましょう」

「なっ、なんのことじゃ？　なにを言っている！」

「ゴミを処分して怒られましたので、ワタシは反省したのです。

片せとおっしゃいましたから、処分しないでちゃんととっておきました。

さあ、受け取ってください」

「待て！　早まるでない！　わかった、わしが悪かった！」

「生徒を護るどころか、殺されるところを見物していた人に言われたくありませんねぇ」

神聖結界を張ったのは身を護るためではない。臭《にお》いを嗅《か》ぎたくないからなのよ。

ワタシは5つのドローンを使って、亜空間に詰め込んでいたゴミを放出した。

まんべんなく、学園の敷地にいきわたるように。

突然降ってきたゴミを避けるように、兵士たちが逃げまどっていた。

さらに50人ほどが堀に落ちて、ピラニエルの餌食《えじき》になる。

ダムドロスのじじいも逃げまどっていた。

投下したゴミは半分にも満たないのに、もう地面が見えない。

残りは、ロの字型をした巨大な校舎の中庭に投下した。

仕上げの刺激的な汚泥《おでい》をぶち撒《ま》いたら、ゴミを避けて助かった者も、目を押さえてのたうち回っている。

ダムドロスも命は助かったようだけど、臭いには勝てなかったみたいだ。

撒きすぎるとマルタの人たちが可哀想《かわいそう》だからほどほどにしておいた。

自分でやっておいてなんだけど、ゴミの山に埋もれて臭《くさ》くなった学園はもうおしまいね。

運悪くゴミが直撃して1000人以上の兵士が死んだらしい。

その分の存在値がワタシに流れ込んできた。もちろん魂も。

人間の魂も、魔物の魂もいっしょだ。何も変わらない。

でも人間の存在値はかなり多くて、魔物の高位存在くらいの量があった。

なるほどね、だから悪神は人間を糧《かて》にするんだわ。

「クロコたちの出番はなさそうでありんすなぁ」

「ちょっと詰まんないっすけど、ざまあ見ろっす」

「でも、なんだか虚《むな》しいのよねぇ。もっとスカッとするかと思ったよ」

「クロコが思うに、姉さまの抹殺《まっさつ》指令を出した張本人《ちょうほんにん》がピンピンしているからでありんすよ」

「そうっすよ。じじいに仕返ししただけで、悪神を斃したわけじゃないっすからね」

「そう言われてみれば、そうねぇ」

「姉さま、刺激的な泥はまだ残っているのでありんしょう？

悪神のお家にぶち込んでやったらいいと思うのでありんす」

「さすがっす、クロネエ！　姉さま、やっちまうっす！」

「あははっ！　やっちゃう？」

「遠慮はいらんのじゃ、我が主よ。主の命を狙ったことを後悔させてやるのじゃ！」

「そうね、なんだかワタシもやりたくなっちゃって、我慢できそうにないわ」

悪神皇帝はコンスタンティンていったっけ、絶対ブチキレるだろうな。

でも、冷静に対処されるより怒らせた方が隙を見せるかもしれないし、いいわよね。

うん、ワタシの勘がやれと言っている。

へっへっへ、まずは帝都の様子を窺《うかが》っていたドローンを皇帝の宮殿に移動させてっと。

あら？　あらら？　中庭庭園で茶会をしているけれど、明らかに異質な存在感を放つ存在がいるのよねぇ。

見つけたぞ、コンスタンティン！　美しい中庭庭園も今日で見納めよ！

くらえっ！　うおりゃ～～！

途中、風圧で拡散してしまった。

中庭だけに留まらず、宮殿全体にかかっちゃったのはしょうがないよね。

中庭に落としたメインのドロドロは茶会の席を微妙に外れたけれど、地面に叩きつけられた衝撃で飛び散ったから参加者がもろにかぶることになった。

あまりの刺激に悶絶《もんぜつ》している者がほとんどなのに、標的だった皇帝はさすがに悪神だけあって上空を見上げている。

やべっ！　見つかったかな。まいっか。仕掛けてきたの、向こうだし。

泥まみれで表情はわからないけど、メッチャ怒ってるのはわかる。

宮殿全体が阿鼻叫喚《あびきょうかん》の坩堝《るつぼ》と化して、宮殿内にいた人間たちが我先にと逃げ出していた。

この宮殿も、しばらくは使えないわね。

ゴミがないだけマシだけど、臭いはこっちの方が数段きついもの。

神聖結界を解除すると臭いだろうから、上空に退避してからドレッドノートにもどった。

「ミサキリス、とりあえず、ここでのことは終わったよ」

「学園長はどうなった？」

「あまりの刺激に気絶してるとこ。隊長は斬りかかってきたから成敗《せいばい》したわ」

「なんて言ったらいいのか、お疲れ様だったね」

「うん。人間が敵だと精神的に疲れるわ。

ハイランドに帰ろ。まずは父さまに報告して、状況を聞かないとね」


「母さま、ただいま！」

里に到着すると、母さまが出迎えてくれた。

「おかえり、ジル。あら、また少し大きくなったのね」

「母さま、ミサキリス王女よ」

「初めまして、ジラシャンドラ様。ジルにはとてもよくしてもらいました。

ついでになってしまいましたが、独立おめでとうございます」

「あらあら、そんなに改まらなくてもいいのよ。ミサキリスさんも大変だったでしょう」

「ジルがいてくれたので、大丈夫でしたよ」

「独立の話、ここを出発してから聞いたので驚いちゃったよ。

母さまはお后《きさき》になったのに、魔物の迎撃は母さまの役目なの？」

「今、大変なのよ。ベガリット様は騎士たちを連れて、エルダラス王国との国境に行っちゃったの」

帝国の侵攻に備えて、国境を固めたってことか。

帝国も間もなく動くだろうから当然だわね。

ミサキリスを館で保護してもらってから、クロコとマシロを護衛に付けた。

２人がいれば安心だし、母さまも助かる。

「じゃあ、クロコ、マシロ、ミサキリスをお願い」

「お任せでありんす」

「姉さまも気を付けるっすよ」

「うん、あとは思念話でね」

ルーチェを連れて、ドレッドノートに乗ると、国境へ向かった。

「ルーチェ、船を任せるよ。ハイランド側から出ないように浮かべておくだけでいいから」

「オッケー。この船を見りゃ帝国軍もビビるよな」

この大峡谷《だいきょうこく》を国境にしたとはエルダラスの王様と父さまは上手《うま》いことを考えたもんね。渡るには1つしかない大橋を通るしかないから、敵軍が来ても大橋を護《まも》るだけでいい。

といってもハイランド軍はたったの500人だ。

それでも大橋を護るだけなら一騎当千《いっきとうせん》の騎士で構成されたハイランド軍が断然有利ってわけ。

なにせ、渡らせさえしなきゃいいのだから。


「ジルよ、ご苦労であった。お前にしてはよく耐えた方だと思っている。

それにしても、皇帝に泥をかけるとは小気味よいことよな」

野戦陣地で指揮を執《と》っていた父さまに怒られるのを覚悟で全てを報告したら、怒られるどころか上機嫌だった。

エルダラス王国の王様との取り決めで、ジャガール帝国軍が侵攻してきても、ハイランドの防衛に専念することになっているらしい。

「でも父さま、皇帝はワタシの存在と、魔の森の悪神を斃《たお》したことを知っているようなのです。それに帝国軍の主だった者は、皇帝が悪神であることを知っていて仕えているようでした」

「ふむ。それは予想の範疇《はんちゅう》ではないのか？」

「はい。ですが、ワタシがしたことでカンカンに怒った皇帝は、的《まと》をハイランド王国に絞《しぼ》ってくるのではないでしょうか」

「それはそれで好都合というものだ。

独立したとはいえ、エルダラス王国と我がハイランド王国は友好国なのだ。

帝国軍の的がハイランドであれば、必然的にエルダラス王国の被害が小さくなる。

どちらにせよ、エルダラス王国をまたいで遠征してくる帝国軍の方が不利であろうよ。

たとえ船を使ったとしても、ハイランド王国の中枢《ちゅうすう》である里を攻めるなら、魔の森を端から端まで横断せねばならんのだ。

道路が敷かれたからといって、魔物がいなくなったわけではあるまい。

半分も来ないうちに魔物のエサになるのがオチであろう」

「あはは、確かにそうですね。来るとしたら悪神だけということになりそうです」

「うむ。悪神はジルの獲物であろう？　そちらは任せるから、軍の方は気にしなくてよい」

さすが、父さまだ。先のことまでちゃんと考えている。

大橋のハイランド側に、強固な要塞《ようさい》と防護壁を造ってあげた。
夢現魔法の万能創造が使えるようになったので材料はいらないけれど、峡谷の底に溜まった瓦礫《がれき》を使ったので、底が更に深くなった
これで、国境の護りは完璧《かんぺき》だ。
父さまも、一息ついたようで、1度館に帰るという。

2～3日は、暇になりそうなので少し休むことにするかな。

「ねえ、ジル、ほんとに大丈夫なの？」

「大丈夫だって。ここでは魔物は襲ってこないっていってるでしょ？」

夜、初めてミサキリスを魔物温泉に連れてきてみた。

ミサキリスが温泉に浸かる魔物を見てビビってるんだけど、ルーチェとクロコ、マシロは慣れたもので、とっくに飛び込んでいた。

しぶしぶ、服を脱いでミサキリスも温泉に浸かる。

ハイランドの冬は寒いから、湯気が濛々《もうもう》と立ち込めていていい雰囲気《ふんいき》だ。

この世界にも月があって星があるから、結構明るい。

「ねえ、ミサキリスって今年11歳でしょ？　11歳にしては胸大きいよね」

「そうかなぁ。今まで比べる相手がいなかったからわからないのよね。ジルだって、身体《からだ》が華奢《きゃしゃ》な割には、まあまあなんじゃない？ところでさ、聞いたことなかったけど、ジルって歳《とし》いくつなの？」

「今年で7歳かな」

「ええ～っ！　そうなの？　私と同じくらいかと思ってたよ」

「ワタシとルーチェは、体質で身体の成長が早いのよ。ルーチェも今年で7歳だよ」

「ルーチェ君も7歳なの？　完全に私より上だと思ってたわね」

「まあ、見た目はね。でも中身はしっかり7歳のお子様よ」

「さすが、ハイランドの民ってことか。先祖返りってことでしょ？」

「よく知ってるねぇ。そう、ある特徴を持つ者ばかり集めてるから血が濃いんだろうね。

うちの騎士が強いのは、それが理由だし」

「黒髪と目の色のことでしょ？」

「当たり。だからハイランドには黒髪が多いのよ」

「確かにジルの銀の瞳と、ルーチェ君の黒い瞳は珍しいよね。っていうか初めて見たもん。

それに、ジルって7歳のわりにかなり大人よね。外見だけじゃなくて中身も。

並の大人が子供に見える時があるよ。翼も生えてるし」

ミサキリスって意外と頭いいんだよね。

色々なことを知ってるし、なぜかハイランドの事情にも詳しい。

ワタシとルーチェの成長が早いのは、神素だけと同化しているのと大量に得る存在値のせいなんだけど、それを説明する意味はない。

「ルーチェ、だいぶ茹《ゆ》で上がってるみたいだけど、熱かったら出てていいんだよ？」

「おっ、おう。大丈夫だからほっといてくれ」

「姉さま、ルーチェどんは、出たくても出られないのでありんす」

「そうなんすよ。あそこがパンパンなんすから」

「お前ら、バラすなって言ったろ！

言っとくけど、こんなに戻らないの初めてなんだからな！」

「姉さまに隠し事はできないのでありんす」

「ねえジル、なにがパンパンなの？」

あら、ミサキリスってそっち方面のことはあまり知らないのかな。

「えっと、その、ナニのことだと思うんだけど」

「だからナニってなに？」

「ミサキリスさまぁ、股間《こかん》のナニのことっすよ」

「ああ、そういうこと。それならわかるよ」

「えっ、ミサキリス見たことあるの？」

「あー、うん。10歳になったときに、教えられた。

どこをどうすると子供ができるとか」

「へっ、へー」

なんかくやしい。ワタシには無縁だったからな。

「ねえ、ルーチェ君、ゴシゴシすると、元に戻るって聞いたよ」

「やめてくれよぉ、なにがゴシゴシだよ。こえ～よ！」

「冷やせばいいんじゃないの？　マシロ、絶対零度《れいど》をかけてやって」

「おいおい、そんなのかけたらもげるだろ！　なんだと思ってるんだよ」

「えーだって、アサシンラビットの魔法も効かないって言ってたじゃん」

「おい、ジル！　マシロの絶対零度とアサシンラビットのアイスアローを一緒にするなよ！」

「でもルーチェ、このままだとのぼせちゃうよ？」

突然、クロコとマシロがルーチェの両脇を固めて立ち上がった。ワタシの目の前で。

「うっ、うっ、うぎゃ〜〜〜っ！」

お風呂は皆で入っているけど、見ないようにしてたのにぃ〜。

「主は意外とウブなのじゃな」

「姉さま、可愛《かわい》いのでありんす」

「あはは、こんなの大したことないっすよ。姉さま」

「大したことない言うなよ！」

「あら、ルーチェ君、結構大人ね」

クロコとマシロめぇ、わざとやりやがったな。

ワタシたちが寝るときは神素タンクを使う。

寝つきが異常にいいルーチェは、スカッと寝てしまった。

クロコとマシロはミサキリスについているから話し相手もいない。
今晩は2人っきりなのに、さっさと寝ちゃうからワタシは暇なのよ。
ルーチェはちょっとやそっとじゃ起きない。
これも龍の特性なんだろうけど、なんかムカつく。
くっそー、さっきはちょっとビビったぜ。思わず悲鳴を上げた自分が情けない。
でも、もう大丈夫。のはず。
それにしても、こんな間抜け面《づら》を見せられると、悪戯《いたずら》したくなっちゃうじゃないのさ。
うわっ！　寝っててもこうなの？　ダメだ、やっぱり怖い。
顔でも描けば、怖くなくなるかなぁ。
万能創造で油性ペンを作って顔を描いてみた。中途半端だとかえって不気味ね。
鱗《うろこ》で埋めつくせば別なものに見えるかも。ヤバい、やめられなくなってきた。
エヘッ、エヘへ。我ながら傑作《けっさく》が描けたよ。

いつの間にか寝てしまい、龍の夢を見た。
5体の龍がそろっている。ルーチェの影響かな。
ワタシは龍たちと、空中鬼ごっこをして遊んでいた。
この感覚。この子たちって眷属《けんぞく》なのかしら？

突然、龍たちが消えていく。ワタシも後を追うように跳《と》んだ。

ああ、次元魔法ってこういう風にも使えるんだね。

龍たちのいるところが感覚でわかる。

1度別次元に跳んでから戻ればいいのか。だから距離は関係ない。一瞬だ。

目の前に敵がいた。いつか見たクジラね。

皆がそれぞれ攻撃を始める。凄《すご》いなぁ。

黒龍は、暗黒魔法に特化されているのか。反物質錬成を使いこなしている。

口から破壊光線と反物質ショットを吐いているもん。

黒龍というより暗黒龍といったほうがいいわね。

あっという間に敵が全滅した。

皆がワタシのそばに鼻先を寄せてきたから、それぞれ撫《な》でてやる。

まるでワタシの意志で身体を動かしているような気さえした。


ルーチェの大騒ぎで目が覚めた。

「ジル！　たっ、大変なことになっちまった、見てくれよ！」

「うわっ、なにズボン下ろしてるのよ。こっちこないで！」

「だって、だってよ、オレのアレが龍化しちまったんだよぉ！」

ただの、落書きだっつーの。

姓名：ジル・ハイランダー　種族：神魔族　性別：女　年齢：６歳　レベル：２６２（２２６）　状態：不老　職業：野良《のら》女神　加護：転生神　祝福：エレボス
ギフト：解析　魔眼　完全言語　完全識字　思念話　偽装
称号：ハイランドの聖女　ハイランドの女神
固有能力：妄想　最適化　並列思考　森羅万象《しんらばんしょう》　魔導錬成　状態異常無効　高速再生　六神翼
生命力１１１０００（９６０００）　魔力１３１０００（１１３０００）
攻撃力１７１５０（１４８００）　防御力１７１５０（１４８００）
敏捷《びんしょう》１３１００（１１３００）　知力４８００（４１５０）　運64（60）
スキル：高速演算　精密魔力操作　魔素錬成　魔力感知　気配感知　存在感知　超感覚　索敵
気配遮断　隠密　五感強化　自在照準　体術　魔闘術　神闘術　夢現魔法ＬＶ７
闇魔法ＭＡＸ　暗黒魔法ＭＡＸ　神聖魔法ＭＡＸ　光魔法ＭＡＸ　重力魔法ＭＡＸ
混沌《こんとん》魔法ＭＡＸ　時空魔法ＬＶ９　次元魔法ＬＶ９　補助魔法ＬＶ９　暗殺術ＭＡＸ
威圧ＭＡＸ　精霊魔法：エレボス（固有魔法：結界　反物質錬成　破壊光線）

⑬ 神様になっちゃった？………

ジャガール帝国軍の先発隊約2万が動いた。率《ひき》いてるのは将軍の方の悪神だ。

王国となったハイランドに戻ってきて20日も経っていたから待ちくたびれたわよ。

帝国軍の先発隊にエルダラス王国の国境警備隊が揉《も》み潰される。

王国領の奥深くまで侵入されてから、やっと王太子ハイリッヒが率いる3万が出撃した。

王様が期待してないってのがわかるわ。完全に後手に回っている。

国境要塞《ようさい》ができてからは父さまも館に戻ってきているので、敵に張りつかせているドローンから得た情報を逐一《ちくいち》報告していた。

ハイリッヒが出撃したころ、悪神皇帝コンスタンティンが3万の精鋭を率いて進発する。

「父さま？　コンスタンティンが動き出しました。その数3万です。

先発隊を含め、虐殺《ぎゃくさつ》、略奪はないようです」

「皇帝自ら出張ってきたか。ハイリッヒは勝てぬであろうな」

「残念ながら。やはり出陣はしないのですか？」

「うむ。救援要請があれば別だが、我らは防衛に徹する」

「王都は大丈夫でしょうか」

「ハイリッヒが3万の軍勢を動かしているのなら、1万は残っているはずだ。王都そのものが城塞都市だからなんとかなるであろう」

王都にもドローンを張り付けてある。全ての門を閉じて籠城《ろうじょう》の構えだ。

2日後、エルダラス王国軍とジャガール帝国軍が接触し、交戦状態になった。

兵の数が上回っていることもあって、帝国軍を押し返し始める。

だけど、勢いは皇帝コンスタンティン率いる後続軍が着陣するまでだった。

前に出たコンスタンティンが、火炎魔法でエルダラス王国兵を一気に焼き払ったからだ。

最初の一撃で5千人ほどの兵とともに、ハイリッヒがあっけなく焼き殺された。

う～ん、これは拙《まず》いわね。

ハイリッヒの戦死は仕方ない。当然の成り行きだし、予想もしていた。

父さまには報告したけど、ミサキリスには言えないわね。

それより、人間5千人分の存在値を得た悪神が強くなってしまうことの方が問題なのよ。

もしかしたらこれを狙っていた？　だとしたら殺戮《さつりく》はまだまだ続くわね。

後退したエルダラス王国軍をジャガール帝国軍が悠々《ゆうゆう》と追撃している。

悪神である皇帝と将軍が先行して、エルダラス兵を削《けず》っている感じだ。

こんな戦い方をされたんじゃ、ハイランドの騎士隊が出ていく意味はない。


敗走した王国軍が王都にたどり着いたときには、1万5千まで激減していた。

全て悪神どもの糧《かて》になってしまったのが痛い。

大混乱の中、およそ1万が王都に収容され、5千余りは散り散りになってしまった。

逃げ場のない王都に立てこもるより、逃走を優先したのだろう。

ジャガール帝国軍は無傷の兵3万を分けて王都を包囲する構えだ。

悪神将軍が指揮を執《と》るために残るみたいね。

悪神が分散してくれるのはありがたい。


「父さま、帝国軍が王都に包囲陣を敷きました。

約2万がハイランド方面に侵攻してくるようです。皇帝が先頭に立っています」

「やはり皇帝が来るか。では国境要塞へ向かうとしよう」

「母さま、ミサキリスをお願いします。ワタシたちも行ってきます」

「心配しなくてもいいわ。存分に戦ってきなさい」

2万の軍勢が早々と進発して、行きがけの駄賃《だちん》みたいにエルダラス王国軍の残党狩りをしながらハイランドを目指している。

当然、先頭に立っているのは悪神皇帝コンスタンティンだ。

今のところ悪神将軍は王都を包囲したまま動かない。

国境要塞まであと数時間というところまできて、ジャガール帝国軍2万の足が止まった。

目視できるほどの距離だけど、なんで止まったんだろう。兵を休ませるのかな。

と思ってたら、コンスタンティンの気配が一段上に上がった。

「主、感じておるか？」

「うん。エレボスにもわかったのね」

「この気配、どうやら魔神が誕生したようじゃ」

「そうね、気配からすると、悪神の10倍は強そう」

「これはちときついかもじゃ。主、魔神化したばかりで戸惑っている今のうちに斃《たお》すのじゃ」

「でもそれじゃあ、敵とはいえ兵士を巻き添えにしちゃうよ？」

「じゃが、もう1体の悪神まで魔神化させるわけにはいかんのじゃ」

もう、最悪！　まさか魔神化するとは予想もしていなかったわよ。

「父さま、悪神皇帝コンスタンティンが魔神化してしまいました」

「なにっ！　魔神だと？　う～む、さすがにそれは想定外である」

「このままではエルダラス王国とハイランド王国は滅びます」

「ジルよ、お前になにか考えはあるか？」

「ワタシたちだけで魔神を斃しに行きたいと思います。

もう1体の悪神まで魔神化させるわけにはいきませんから、急がなければ。

騎士隊にはその後のことをお願いしたいと思います」

「そうか、そうだな。お前にばかり苦労をかける」

「苦労だなんて、そんな。いつかはこうなったのですから、気にしないでください」

あまり時間はない。もたもたしていると魔神化したコンスタンティンが動き出す。

「クロコ、マシロ、ルーチェ、行くよ！」

「あーい」、「やっと戦えるっす」、「オレ様の出番だな」

「ワタシは魔神に突っ込むから。あとは各自の判断で戦っていいよ。

人間にしては、強いのもいるから気を付けてよ！」

「わかった。ジルも気を付けろよ」

「うん、わかってる」

空間飛翔で向かいながら神聖結界を張った。

魔神相手にはちょっと足りないかもしれないから、夢で覚えた次元結界を重ね掛けする。

これをやると動きづらくなるのよね。ふたつの結界が混ざればいいんだけどな。

《神聖結界と次元結界が統合されたことにより、固有能力　万能結界を獲得しました》

おっとぉ、久々来た～！　さっすが、ワタシの最適化と妄想ね。いい仕事するわ。

へえ、肌に吸い付く感じがいいわね。

五感を妨げないというのもいい。その代わり服は護れないのか。

頭の上にいるエレボスも身体《からだ》の一部と認識されるので結界に包まれている。

魔法とスキルの発動も問題ない。よし、これならいける！

魔神化したコンスタンティンの気配がする天幕を見つけた。

ワタシの翼が光り輝いて２００発のホーリーショットが放たれる。

地面ごと天幕が消滅したけど、どうやら瞬間移動で逃げたらしい。

と思ったら、片腕を失ったコンスタンティンが目の前にいた。

速い！　逃げる間もなく地面に叩きつけられていて、火炎弾が大量に降ってきた。

ヤバい！　と思ったけど、全て喰らってしまう。

痛いし熱い。万能結界は効いているけど、多少のダメージは入ってしまった。

周りを見ると、巻き添えで死んだ帝国兵だらけだ。

身に着けていたものが全て消し飛んで、ワタシは丸裸になっていた。

「ほう。３対《つい》の翼を実際に見るのは初めてだが、お前がジル・ハイランダーか？

我が宮殿を穢《けが》した恨み、忘れておらぬぞ」

「まあいい、お前は我の糧になるのだからな。身体も喰らってやろう」

「気に入ってくれてなによりだわ。汚いあんたに丁度《ちょうど》良いと思ったのよ」

〈クロコ、マシロ、ルーチェ？　こいつは強すぎる。離れてなさい〉

一応、声はかけたけど、皆それぞれ乱戦になっていてそれどころじゃない。

「あんたね、魔神になったからっていい気になってんじゃないわよ」

「ほう、我が魔神になったのがわかるのか？　お前は一体なんなのだ」

「さあね、さっさと死ね！」

周りを巻き込む反物質ショットは使えない。

瞬間発動したホーリーがコンスタンティンの胸に直撃する。

消滅するより再生が上回っている。あまり効き目がないか。

コンスタンティンもワタシに魔法が効かないのは知っているから、自然と格闘戦になった。

こいつ、見た目はオッサンだけどなかなか強い。でも、速さはワタシの方が上だ。

拳の連打は間合いが足りない。この身体ではまともに戦えないわね。

翼斬《よくざん》は有効だけど、傷はつけられても決め手にはならない。

斬糸《ざんし》も食い込む程度で、ブチブチと切られてしまう。

「もうあきらめるがいい。魔神となった我には敵《かな》うまい。もう逃げ場はないぞ！」

逃げ場？　逃げ場ならある。空中だ。

ワタシは怯《おび》えるふりをしながら、垂直上昇する。

案《あん》の定《じょう》追ってきた。コンスタンティンはワタシが万策尽きて逃げ出したと思っているんだわ。

ワタシはわざと追いつけそうで追いつけない速度を維持する。

どこまでも追ってくるつもりらしい。

そろそろ良いかな。ワタシは、コンスタンティンの全身にロックオンをかけた。

「往生際《おうじょうぎわ》が悪いぞ、ジル・ハイランダー」

「あんたはバカね。自分の見たいものしか見ない愚か者よ！」

「負け惜しみを言いおって。もはやどうすることもできまい！」

ワタシは翼から発動した10発の反物質ショットを展開する。

「なんだそれは。そんなもので我を殺せるとでも思っているのか？」

「思い知りなさい、ワタシは神魔族。この意味を噛《か》み締めながら死ぬがいい」

「なに！　神魔族だと？　では、伝承の3対の翼とは…」

そこまで言いかけたところで、コンスタンティンが大爆発を起こした。

近すぎてワタシも吹き飛んだけど、万能結界が爆風をレジストしてくれた。

対消滅反応はワタシには及ばないから、ただ吹き飛ばされただけ。

それはいい。でも一体これはなんなの？　この莫大《ばくだい》な存在値！　しかも、普通じゃない。

久しぶりに身体が破裂しそうな感覚を味わって意識が飛びそうになる。

しかも魔神化したこいつの魂がヤバい！　ヤバすぎる！

喰らわれることに抗《あらが》えば抗うほど、ワタシを苛《さいな》んでくるんだもん。

「うう、あぁぁ～！」

変な声が出ちゃった。

身体に力が入らず落ちていく。万能結界を維持するのも限界だ。

このまま落ちたら痛いんだろうな。

誰かに抱き留められたような気がして、目を開けたらクロコだった。

「姉さま？　よう頑張りんしたなぁ。下も落ち着いたのでありんす」

「マシロとルーチェも無事？」

「あい、無事でありんす。なにも心配いりんせん」

地上に降り立って、クロコが自分で着ていたローブコートでワタシを包んでくれた。

眠くはないものの、立つこともできないワタシは抱かれたままだ」

「姉さま、ご無事で何よりっす。すんません、マシロは動けなかったっす。

こいつらを閉じ込める壁を造ってたんす」

「いいのよ、気にしないで。ルーチェも頑張ったみたいね」

「おう、ジル。ちょっと焦ったぜ。さっきのスゲー爆発で、どうにかなったかと思ったぞ」

「うん、大丈夫。でもルーチェ、ボロボロじゃないの」

「だってよ、クロコとマシロがオレごと魔法撃つんだぜ？　いくら丈夫ったって、ひでぇよな」

「あれは、援護でありんす」

「そうっすよ、援護しまくりっす」

「ああ、そういうことね。それにしても、よくこんだけの兵を昏睡《こんすい》できたわね」

「ああ、襲ってきた奴は仕方ないから殺したけど、クロコとオレで昏睡かけまくったんだよ」

そのまま空間飛翔で砦《とりで》に向かい、父さまに状況を報告した。

「よくやった！　魔神を斃すとは天晴《あっぱれ》である。しかし大丈夫か？　だいぶ辛《つら》そうであるが」

「ええ、大丈夫です。これから王都を包囲している悪神を斃しに行きます」

「あまり無理をするな。後はこちらで何とかする」

「いえ、悪神はワタシたちでないと斃せないと思います」

「わかった。ならば、残った帝国兵の方はこちらに任せよ」


亜空間移動で王都近郊に移動した。

もうすぐ日が暮れるわね。

「クロコ、マシロ、ルーチェ、よく聞いて。

ワタシは動けそうもない。悪神はみんなに任せる。

クロコ？　あなたはもう、破壊光線か反物質ショットを使えるようになってるはずよ」

「あい、頑張ってみるのでありんす」

「マシロはホーリーで戦いなさい」

「大丈夫っす。まずは悪神の頭を吹っ飛ばしてやるっすよ」

「うん。そして、ルーチェは適当に足掻《あが》きなさい」

「なんだよそれ。オレにもアドバイスくれよぉ」

「ふふ、ルーチェはね、もうひと皮むけなきゃダメなのよ」

「皮ならとっくにむけてるけど？」

「ちが～う！　そっちの皮じゃない！」

「えっ、じゃあどういうこと？」

「ルーチェは龍の力を持っているんだから、それを使いこなしなさいって言ってんの！」

「ああ、わかったような、わからないような。とにかく我武者羅《がむしゃら》に行くよ」

「エレボス？」

「わかっておる。主はワシが護るのじゃ。クロコ、マシロ、小僧、存分に戦うのじゃ」

〈ルーチェ、悪神の居場所は把握《はあく》できてる？　天幕から動いたら教えてよ〉

〈ああ、バッチリ見えてる。ってか視《み》えてる？　少しずつ強くなってるじゃないの〉

〈ルーチェは龍魔眼が開眼したようね。少しずつ強くなってるじゃないの〉

〈なんか無理矢理だけどな。でも強くなっていく実感があるよ〉

ワタシは今、王都を見下ろせる小高い丘の上にいる。

ルーチェは野営している帝国軍の近くまで接近していた。

クロコとマシロも思い思いの場所に陣取ってる。今のところ気付かれた様子はない。

コンスタンティンが死んだことに気が付いてないようなので助かった。

〈今の状態でワタシが使えるドローンは2つあるの。そして臭《くさ》い泥も残っている。

今から敵の野営陣地にぶち込もうと思う〉

〈ジルは人を怒らせる天才だよな。悪神はカンカンに怒るだろうよ〉

〈うん、それを狙ってるのよ。単身で突っ込んできてくれたらいいんだけど〉

〈なあ、1つ聞くけどさ、なんでドレッドノート使わないんだよ〉

〈それは、テルスの流儀だったからよ。

ワタシはそれほどこだわっているわけじゃないけれど、ワタシたちが強くなるためにはドレッドノートを使って楽をしちゃダメでしょ？　悪神へのとどめは、ルーチェが刺しなさい〉

〈ああ、わかった。ルーチェ様に任せとけ〉
〈クロコ、マシロ？　準備は良い？〉
〈クロコはいつでもオッケーでありんす〉
〈マシロも、狙撃準備完了っす〉
〈よし、作戦を開始するわよ〉

悪神将軍の天幕は、野営陣地のほぼ中央にあった。
気配の感じだと、魔神化しないコンスタンティンよりもちょっと弱いくらいか。
まずは、野営陣地の外周から泥の散布を開始する。
効果はすぐに現れ始め、目を押さえた帝国兵たちがのたうち回り始めた。
異変を察知した悪神が天幕から飛び出してくる。
チャーンス！　これでもくらえ〜！
ちょっとサービスして、多めに投下してやるのを忘れるワタシではない。
顔に直撃して、お約束の「目がっ、目が〜〜！」を連呼して大騒ぎしている。
これがほんとの顔に泥を塗るってやつよ。
残りの泥を、まんべんなく陣地全体に投下してやった。
陣地全体が大混乱に陥《おちい》り、案《あん》の定《じょう》、悪神はカンカンだ。

気配遮断と隠密を解除すると、悪神がハッとしたように身構えた。
兵が使い物にならないと判断したのか、単身でワタシの気配を目指して走ってくる。
陣地からでると、怒りで我を忘れたように火炎魔法を撃ちまくり出した。
悪神や魔神というのはどうして火炎魔法ばかりなのかねぇ。
「ジル・ハイランダー、出てこい！　こんなことをするのはお前くらいだ！
いるのはわかっているぞ！」
あらら、やっぱり、ワタシだってバレてたか。
そりゃ、学園と宮殿を壊滅させたんだからバレてない方がおかしいわよね。
マシロがホーリーで狙撃したら、悪神の顔半分がなくなった。それでも倒れない。
クロコが破壊光線を発動しようとして頑張っているけど、てこずっているようだ。
マシロが次々とホーリーを撃つけれど、なぜか躱《かわ》されてしまう。
先読みスキルを持っているのかもしれない。
「どうした！　出てこい！　卑怯者《ひきょうもの》め！」
うるさいなぁ、こっちは動けないんだっちゅーの。
潜んでいたいたルーチェが悪神めがけて飛び蹴《げ》りを喰らわせた。
「グヘェ～！　なんだ小僧、どこから湧いて出た！」
「オレはジルの騎士、ルーチェ様だ！　命をもらう、覚悟しろ！」

「ほざくな小僧、身の程を知れ！」

クロコとマシロが、ルーチェにかまわず魔法を撃ちまくっている。なるほどこうなるわけね。

さすがにこの状態ではクロコも破壊光線は撃てない。

ルーチェはサンドバッグになりながらも、反撃している。

悪神が強力な火炎の竜巻を発動して自分諸共《もろとも》ルーチェを包み込んだ。

クロコとマシロがあまりの熱さに逃げだすほどだ。

〈ルーチェ！〉

〈ジル…、ゴメン。オレもうダメかも〉

〈ルーチェのバカヤロー！　諦めてどうするの！　今こそ男を見せなさい！〉

悪神がさらに炎の勢いを強くした。

「グオァ～グァ～～～！」

突如、炎の竜巻の中から真っ黒な龍が現れた。

おっ、ルーチェが龍化した？　やればできるじゃないのさ。でも小っちゃ！

龍化したルーチェは10メートルくらいしかなかったけど、見た目はちゃんとした龍だ。

尾で悪神を空高く吹っ飛ばして、口から反物質ショットらしきものを吐いた。

と思ったら闇榴弾《やみりゅうだん》だったけど、次に吐いたのは破壊光線だ。

空中で悪神が大爆発を起こし、跡形もなく消え去った。

〈やればできるじゃん、ルーチェ！〉

〈おーっ、オレ龍になってる。空も飛べる。なんだ、こうすればよかったんだな〉

〈悪神の存在値を吸収してなんともないの？〉

〈たぶん大丈夫。でも龍化を解いたらわかんないから、しばらくこの姿でいるよ〉

泥をこのままにしておくのも迷惑だろうから、マシロにエリア浄化をかけてもらう。

もだえ苦しんでいた帝国軍は、状況を見て出撃してきた王国軍になすすべもなく降伏した。


ルーチェにまたがって国境要塞《ようさい》に向かうのが面白かった。

小っちゃくて乗り心地は悪かったけど、クロコとマシロより速く飛べるんだもの。

父さまに全てを報告し終えたときには、ほとんど寝ぼけているような状態だった。

ルーチェは人の姿に戻った途端、素っ裸でぶっ倒れるし、クロコとマシロもワタシの影響なのか、とても眠そうにしている。

全員で神素タンクに入ると、何も考えずに爆睡した。


これは夢なのかな。

なにもない。光も闇も、広さも高さもだ。点の世界？

自分の身体《からだ》すらもない。わかるのは自分がいるということだけ。

ワタシがなくなりそうになり、必死で自分を定義する。
ワタシはなに？　ワタシはジル。女、地球で生まれて、死んで、また生まれた。
自分を説明しようと、必死に考える。繰り返し、繰り返し、何度も、何度も。
ずっと考えながら、永い年月が経ったような気がした。
ワタシって独りぼっち？　嫌だ、独りはもう嫌！　エレボス！　エレボスはどこ？
クロコとマシロに会いたい！　ルーチェのバカヤロー！　ワタシを1人にするなぁ！

あれ、どうしちゃったのかな、ワタシ。
さっきのは夢だったのか。寂しい夢だったなぁ。
はて？　この得も言われぬ万能感はなにかしら？　前と全く違う感じがする。
世界ってこんなに広かったっけ？
違う、知覚できる範囲が広がったんだわ。宇宙すら感じることができる。
もしかして、神化しちゃった？　メニューを視たら麗神になっていた。
間違いない。ワタシってば神様になっちゃったんだわ！
目を開けると、目の前に正座したエレボスがいる。
嬉しくて抱きしめようと思ったら、クロコとマシロが両サイドからしがみついていた。

「主、やっと目覚めたか。とうとう主が神になったのじゃ。ワシうれしい」

「ありがとう、エレボス。エレボスもずいぶん上品になっちゃったわね。とってもいいわよ」

「そうじゃろ？　ミスリルボディーなのじゃ！　主が神になったのじゃから当然じゃな」

「姉さまぁ、おめでとさんでありんす。クロコは姉さま命でありんす」

「姉さま、愛してるっす。姉さまはマシロのものっす」

クロコとマシロが、身悶《みもだ》えしながらグイグイくる。

「あはは、くすぐったいよ。２人ともありがとね！　あれ、ルーチェは？」

「ルーチェどんは姉さまの寝姿を覗《のぞ》いておりんしたから、縛《しば》りあげておいたのでありんす」

「ぶぁっはっは！　あんた、なんて格好なのよ！　鼻血出てるし」

あらあらクロコったら、こんな風に縛っちゃったんだぁ。素っ裸でエビ固めってキツイわね。

「見るなぁ！　いや、早くほどいてくれ！　力が入らないんだよぉ」

「ねえ、ルーチェ。あんたデカくなってない？」

「なんだよ、ジルだってオレのを見てんじゃねえか！」

「バカッ！　そんなわけないでしょ！　あんたの身体のことを言ってるの！」

「ああそっちか。そうなんだよ、起きたら身体がデカくなってたんだ。

ジルも胸とかお尻とかデカくなってるぞ。気付いてないのか？」

「えっ？　ちょっとやだぁ、ルーチェのエッチ！　どこ見てんのよ！」

「やっぱりエッチい目で見てたのでありんすね？　もっときつくしないとダメでありんすなぁ」

「ぐっ、ぐへぇ〜。ぢっ、ぢがう〜！」

「ルーチェはしばらくそのまんまでいなさい！　マシロ、氷で鏡作ってよ」

「特大のを作るっす。姉さまは自分のお姿を見てきっと驚くっすよ」

「そうなの？　どれどれ。うわぁー！　これがワタシ？」

「姉さまはとっても綺麗《きれい》になりんしたなぁ。惚《ほ》れ惚《ぼ》れするのでありんす」

見た目だと12歳くらいだけど、ルーチェが鼻血を出すのもわかる気がする。

いくら神様補正がかかってるからって、この妖艶《ようえん》さは尋常《じんじょう》じゃないわね。

瞳の輝きと燐光《りんこう》を放つ翼が神々《こうごう》しくてエロスを打ち消してくれてはいる。

けどもう、裸で寝るのはまずいかな。神素を吸収するなら裸がベストなんだけどね。

ワタシと並んでクロコとマシロが自分自身の姿に魅入っている。

2人ともワタシの神化に引きずられて、思いっきり個性的に進化しちゃった。

種族も戦蜘蛛《いくさぐも》と魔導兎《まどううさぎ》というなんとも怪しげなものになってしまったけど、性別がメスから女になったから、もう魔物ではないのだと思う。

クロコは優しげで、ほっそりとした感じになって、クロコらしさが滲み出ている。

琥珀色の瞳はそのままに、濃い銀髪と褐色の肌が南国美人て感じね。

逆にマシロはセクシーダイナマイト路線に磨きがかかっていた。

真っ白な肌に銀髪、赤い瞳は変わらないけど、気が強そうな感じがマシロらしい。

それでもルーチェの変わりようには敵わないわね。

体格でいったら14歳くらいの少年に見える。成長しすぎでしょ。

細いけど筋肉質の身体に浅黒い肌が力強く、幼かった顔が大人びてきた。

ちょっと凶悪に見えるのは龍の因子のせいだろうけど、ワタシはルーチェが優しいのを知っている。

「だっ、だずげで～～！　死むぅ～～」

頭の中がお子様だから、本人は気付いてないと思うけど、意外と魅力的なのよね。

万能創造で全員の装備を新調した。皆、身体のサイズが変わってしまったからね。

さすが、神様パワー。自動調整や自動修復の組み込みなんかも思いのままだ。

神素タンクから出ると夕方で、父さまと騎士隊が事後処理をしていた。

「どうしたのだ。いったい何が起こった？　その姿、まるで神のようではないか」

「あの、父さま。ワタシ、とうとう麗神になってしまいました」

「なにっ！　ジルも神化したというのか。しかも麗神とな」

跪《ひざまず》こうとした父さまを慌てて引き起こした。

「父さま、止めてくださいよぉ。ワタシはワタシなんですから」

「しっ、しかしだな。今まで通りとはいくまい」

珍しくオロオロしている父さまと一緒に、母さまに預けてあるミサキリスを迎えに行った。


夜、ミサキリスが魔物温泉に行きたいというので、皆で行った。

里の防衛から解放された母さまと父さまも一緒だ。

「ジル、あんたよくこんな場所見つけたわね」

「アハハ、母さまも気に入った？　クロコに教えてもらったんだよ」

「しかしだ、ジルの翼は不思議な光を発しているが、それも神の力なのか？」

「えっと、これは麗神翼というのになったからなの。変ですか？」

「いや、我が娘ながら、神々しいものよ。よく似合っている」

「ねえ、ミサキリス、お兄さんを助けられなくてごめんね」

「いいの。私からみても武勇ばかり気にしていて思慮《しりよ》の足らない兄だったから」

「でも、このままだとミサキリスって女王になっちゃうんじゃない？」

「そうねぇ。でも、ジルだって同じでしょ？」

「ワタシは無理だよぉ。だってこんな身体になっちゃったし」

「それにしても、ジルは綺麗になったわねぇ。神様になって何か変わった？」

「うん。全てが変わったよ。あと、お腹があまり空《す》かなくなった」

「へえ、あんなに食べてたのに、不思議ね」

「でも、何を飲んでも喉《のど》の渇《かわ》きが癒《い》えないのよ。試してないのはお酒と生き血くらいね」

「ちょっと、それ怖いよ！　生き血を飲むってまるで魔神じゃない」

「ジル、これを飲んでみよ。かなり強い酒であるから一気《いっき》に飲まないように」

「いいんですか？　ではちょっと味見させていただきます」

「えっ？　なにこれ、めちゃくちゃ美味《うま》い。父さま、これってホントに強い酒なんですか？」

「うむ。エルダラス王国で指折りの強い酒だ。そんなに飲んで大丈夫なのか？」

「大丈夫も何も、やっと喉の渇きが癒《いや》されました！　もっと貰《もら》ってもいいですか？」

「それがな、あと1本しかないのだ。貴重な酒なのだぞ」

「では、その1本を貸してください。魔法で同じものが作れないか試してみます」

飲んで味を確かめてあるから、同じものを作るのは簡単なはず。

　ワタシが作った酒はオリジナルとほとんど変わらなかったので、そのままビンごとグイグイのんだ。もちろん父さまにもたくさん作ってあげた。

　翌朝、亜空間移動でミサキリスを王都に送ってあげたとき、ミサキリスに抱きしめられた。顔が同じ高さだったからちょっと焦っちゃったよ。

「ジル、今までありがとう。感謝してるわ。たまには遊びに来てね」

「うん。ワタシたちはずっとお友達よ。また会いましょう」


悪神を斃《たお》した功績が認められて、ルーチェが2級騎士になった。

ルーチェはハイランダー姓を名乗ることを許されたわけだけど、ワタシと一緒にいると紛《まぎ》らわしいからといって、ブラックナイト姓を名乗りたいと言い出した。

それは認められたし、本人も気に入っているみたいなんだけど、なんか痛いのよね。


春が過ぎ、夏が来て、ワタシは7歳になった。

ハイランド王国は小国ではあるけれど、ワタシが発掘した古代都市を王都と定め、港町を有する一端の国になった。

ジャガール帝国は後継者争いで内戦になってるみたい。一生やってろ！

とりえず、収まるところに収まった感じで、一件落着だ。

ワタシは神化して不滅になったけど、身体はちゃんと成長を続けてくれている。

神化してからずっと続いていた能力の再編がやっと落ち着いてくれた。

色んな能力が発現しては統合されて、完全な神仕様になってしまったのよ。

レベルアップがキリのいい400で止まったのは偶然ではない。

最適化が最適進化になったことで、ここで止めたのだと思う。

最適進化は欲張りだから、レベルアップより能力を優先にしたんだね。

メニューはシンプル化して、スキルのLV表記もなくなった。

レベルが上がれば自然に使えるようになっていくものらしい。

最後に発現した魔神化という固有能力が謎で、どうやっても発動しない感じなのよね。

魔神の存在値には魔神成分が含まれている。

コンスタンティンを斃したときに感じたのはその部分だ。

切り捨てることもできたはずなのに、ワタシの身体は全部残さず吸収してしまった。

魔神化は、魔神のネガティブな要素を処理するために発現した能力なのよ。

今のワタシが神としてどの程度強いのかそれこそ神のみぞ知る、だ。

なにせ比べる相手がいないんだもの。

そして、とうとうルーチェにもメニューが開いた
種族が龍人で、ステータスがクロコたちより上だったのには驚いちゃった。

クロコとマシロがワタシの能力をパクっていくのはわかるんだけど、どうやらルーチェまでワタシの影響を受けているらしく、かなり豪華な能力とスキルを持っていた。

ワタシがレベル400だから、当然クロコとマシロはレベル200で、2人共見違えるように強くなっている。

そのうちクロコたちも神化してしまうのかもしれないけれど、それはそれで楽しみなのよ。

ワタシ1人で神をやってても、つまらないものね。

皆の移住をてつだったりしているうちに、あっという間に秋だ。

ワタシたちの功績に対するご褒美で、父さまがしばらく遊んでいていいと言ってくれた。


ワタシたちは今、皆でつくった港街に来ていた。

海と街と森が一望できるところに建てた神殿の屋根の上だ。

ワタシを祀《まつ》る神殿と、巨大なワタシの像があるこの街を人々はジルスと呼んでいる。

ここにも人が住み始めていて、貿易の要所となるから、騎士隊も常駐するようになった。

今はまだ閑散としているけど、そのうち発展していくと思う。

「さて、これからどうしよっか。どっか行きたいところある?」

「クロコは、姉さまが行くところならどこへでもでありんす」

「マシロも、姉さまのそばにいれるなら、どこにいても一緒っす」

「ワシも主と一心同体じゃからな、主のいるところがワシの居場所じゃ」

「なんだ、それじゃあ、どこにいってもいつもと変わんないじゃない」

「なあ、んじゃ旅にでも出てみねぇ?　普通のとこじゃつまんないから獣人大陸とか?」

「西大陸かぁ。人間が入れないところって聞いてるから、それちょっと面白そうね」

こんなに早く遊びで旅に出られる日が来るなんて思ってなかったな。

「それじゃあ、ちょっくらさすらいに行ってきますか！」

姓名：ジル・ハイランダー　種族：麗神《れいしん》（神魔族）　性別：女神（女）
神役：見習い（NEW）　年齢：7歳（6歳）　レベル：400（262）
状態：不滅（不老）　職業：野良《のら》女神
称号：ハイランドの聖女　ハイランドの女神　魔神の天敵（NEW）
固有能力：超妄想（NEW）　最適進化（NEW）　夢現思考（NEW）　神羅万象（NEW）
魔導解放（NEW）　自在魔素錬成　特殊魔法無効（NEW）　神速再生（NEW）
麗神翼（NEW）　麗神気（NEW）　麗神闘気（NEW）　完全解析（NEW）
神眼（NEW）　完全言語識字（NEW）　自在念話（NEW）　究極偽装（NEW）
夢現結界（NEW）　魔神化（NEW）
生命力4000000（111000）　魔力5000000（131000）
攻撃力40000（17150）　防御力40000（17150）
敏捷《びんしょう》40000（13100）　知力20000（4800）　運78（64）
スキル：神速演算（NEW）　究極魔力操作（NEW）　究極感知（NEW）
自在隠密（NEW）　超六感（NEW）　自在照準　麗神闘術（NEW）　自在威圧（NEW）
夢現魔法　闇魔法　暗黒魔法　神聖魔法　光魔法　重力魔法　混沌《こんとん》魔法　時空魔法　次元魔法

補助魔法　暗殺術　精霊魔法：エレボス（固有魔法：結界　反物質錬成　破壊光線）

クロコ
種族：戦蜘蛛《いくさぐも》　性別：女　レベル：200　状態：不死
生命力24000　魔力16000　攻撃力20000　防御力20000
敏捷12000　知力5000
固有能力　多段並列思考　森羅万象《しんらばんしょう》　闇魔法　暗黒魔法　重力魔法　時空魔法
次元魔法　補助魔法　神闘術　魔闘術　総合体術　ライントリック　猛毒　索敵
究極感知　自在隠密　超速再生　暗殺術　完全言語識字　蜘蛛化

マシロ
種族：魔導兎《まどううさぎ》　性別：女　レベル：200　状態：不死
生命力16000　魔力24000　攻撃力20000　防御力18000
敏捷10000　知力10000
固有能力　森羅万象　多段並列思考　魔導錬成　夢現魔法　混沌魔法　氷魔法　重力魔法　時
空魔法　次元魔法　光魔法　神聖魔法　補助魔法　究極感知　自在隠密
超速再生　暗殺術　完全言語識字　獣化

ルーチェ・ブラックナイト
種族：龍人　性別：男　年齢：７歳　レベル：２６０　状態：不死　職業：ジルの騎士
称号：テルスの暗黒龍　ジルが大好き　悪神の天敵
固有能力：龍魔法　龍気　龍闘気　龍魔眼　龍化　龍装甲　多段並列思考　森羅万象　特殊魔法無効　超速再生　完全言語識字　自在念話　偽装
生命力２６００００　魔力１３００００　攻撃力２６００００　防御力５２００００
敏捷２６０００　知力１３００　運26
スキル：精密魔力操作　究極感知　自在隠密　感強化　必中　龍闘術　龍体術　睨《にら》み斃し
闇魔法　暗黒魔法　神聖魔法　光魔法　重力魔法　時空魔法　次元魔法　補助魔法　暗殺術

あとがき

まずは御礼を。

この本を手に取ってくださってありがとうございます。

私は本が大好きで、本がないと電車にも乗れません。

そんな私が初めて書いた話を、この度《たび》本にしていただきました。

あとがきは好きなように書いていいと言われましたので好きに書かせていただきますね。

あとがきを先に読まれる方は、ほんの少しネタバレを含みますのでご注意ください。


ダッシュエックス文庫の編集部に初めて行ったときは驚いちゃいました。

だって、少年ジャンプ編集部の隣にあるんですもん。

「うわぁ～」って舞い上がってたら、初めてお会いした担当編集者の日比生《ひびう》さんに言われちゃいました。

「こっからここまでを1冊で書いてください」って。

今度は別な「うわぁ〜」ってなって、一瞬途方に暮れたのを覚えています。

表面上は余裕を通していましたけど、内心は超パニックになってました。

生まれて初めて与えられた文字数の中で書くことになってしまったわけですからね。

こっからここまでっていうのは、Ｗｅｂ版の幼少編、魔の森編、騎士編を含んでました。

主人公のジルが敵を倒しながら成長していく状況は一緒ですが、限られた文字数の中でこの物語を表現するためには、かなり手を入れなければなりません。

８割方は書下ろしだといってもいいくらいです。

Ｗｅｂ版を読み親しんでくださっていた方々はビックリされたことでしょう。

ジルを最初から女性として描いているというのもありますが、登場人物は同じでも状況がだいぶ変わっていますものね。

不思議な体験をしました。

求められた条件の中に収めるためには、単なる詰込みや省略ではダメなんですよ。

基本設定は同じでも、自然と新しいストーリーになっていくんです。

でも本当に大変だったのは登場キャラを絞《しぼ》らなければいけないことでしたね。

ねえ日比生さん、鬼って知ってます？

書き出しから３章くらいまでは何度も書き直しました。

サラッと涼しげに、サクッと斬《き》られちゃうんだもんなぁ。

でも、ここで色々学ばせていただきました。鬼に学べです。

とは言いつつも、日比生さんは信頼できますし大好きなんですよ。

集英社にこの人ありです。

肝心《かんじん》のお話の方ですが、敵を敵らしく描きました。かなりわかりやすくなったと思います。

闇精霊のエレボス、アラクネのクロコ、フォレストデビルの元長マシロとの出会いもコミカルに描けたかな。

幼馴染《おさななじみ》キャラとしてルーチェを抜擢《ばってき》したら、全体がだいぶ明るくなりました。

そう、この本ではルーチェ君がメインキャラで出てくるんですよ。しかも謎キャラで。

後半はミサキリスエピソードを絡めたものになってます。

なんというか似て非なるものといったらいいんでしょうか。劇場公開版のような感じです。

書籍化のタイミングでタイトルを変更しましたが、のっけから神様寄りの話になってますしね。

自分のことをちっとも知らないジルですが、半信半疑で過ごすうちにだんだんと自分がどういう存在かに気付いていくわけです。

最後になってしまいましたが、全ての関係者に御礼申し上げます。

東西《とうざい》先生？

素晴らしいイラストを描いて下さってありがとうございました。キャラクターに生命《いのち》が吹き込まれたような気がします。

日比生さん、赤ペン入れが汚くてごめんなさい。

校正してくださった方々も大変だったでしょう。ありがとうございました。

そして、ここまで来ることができたのは読者の方々のおかげですね。

本当にありがとうございました。

これからも頑張ります。

真実川　篝

この作品の感想をお寄せください。

あて先　〒101-8050　東京都千代田区一ツ橋2-5-10
集英社　ダッシュエックス文庫編集部　気付
真実川 篝先生　東西先生

ダッシュエックス文庫

死なないために努力していたら、知らないうちに神でした

真実川 篝

2018年2月28日　第1刷発行

★定価はカバーに表示してあります

発行者　鈴木晴彦
発行所　株式会社　集英社
〒101−8050　東京都千代田区一ツ橋2−5−10
03(3230)6229(編集)
03(3230)6393(販売／書店専用) 03(3230)6080(読者係)
印刷所　大日本印刷株式会社

ISBN978-4-08-631230-1 C0193

ダッシュエックス文庫

モンスター娘のお医者さん
折口良乃
イラスト／Zトン《ぜっ》

モンスター娘のお医者さん2
折口良乃
イラスト／Zトン《ぜっ》

モンスター娘のお医者さん3
折口良乃
イラスト／Zトン《ぜっ》

モンスター娘のお医者さん4
折口良乃
イラスト／Zトン《ぜっ》

ラミアにケンタウロス、マーメイドにフレッシュゴーレムも！　真面目に診察しているのになぜかエロい!?　モン娘専門医の奮闘記！

ハーピーの里に出張診療へ向かったグレン達。飛べないハーピーを看たり、蜘蛛娘に誘惑されたり、巨大モン娘を診察したりと大忙し!?

風邪で倒れた看護師ラミアの口内を診察!?卑屈な単眼少女が新たに登場のほか、厄介な腫瘍を抱えたドラゴン娘の大手術も決行!!

街で【ドッペルゲンガー】の目撃情報が続出。同じ頃、過労で中央病院に入院したグレンは、ある情報から騒動の鍵となる真実に行きつく。

ダッシュエックス文庫

文句の付けようがないラブコメ
鈴木大輔
イラスト／肋兵器

文句の付けようがないラブコメ2
鈴木大輔
イラスト／肋兵器

文句の付けようがないラブコメ3
鈴木大輔
イラスト／肋兵器

文句の付けようがないラブコメ4
鈴木大輔
イラスト／肋兵器

〝千年生きる神〟神鳴沢《かなるざわ》セカイは幼い見た目の尊大な美少女。出会い頭に桐島《きりしま》ユウキが言い放った求婚宣言から2人の愛の喜劇《ラブコメ》が始まる。

神鳴沢セカイは死んだ。改変された世界で、ユウキはふたたび世界《セカイ》と歪《いびつ》な愛の喜劇《ラブコメ》を繰り返す。諦めない限り、何度でも、何度でも——。

今度こそ続くと思われた愛の喜劇《ラブコメ》にも、決断の刻がやってきた。愛の逃避行を選択した優樹と世界の運命は…？ 学園編、後篇開幕。

またしても再構築。今度のユウキは九十九《つくも》機関の人間として神鳴沢セカイと接することに。大反響〝泣けるラブコメ〟シリーズ第4弾！

ダッシュエックス文庫

努力しすぎた世界最強の武闘家は、魔法世界を余裕で生き抜く。
わんこそば
イラスト／ニノモトニノ

努力しすぎた世界最強の武闘家は、魔法世界を余裕で生き抜く。2
わんこそば
イラスト／ニノモトニノ

努力しすぎた世界最強の武闘家は、魔法世界を余裕で生き抜く。3
わんこそば
イラスト／ニノモトニノ

努力しすぎた世界最強の武闘家は、魔法世界を余裕で生き抜く。4
わんこそば
イラスト／ニノモトニノ

武闘家がある日突然、魔法の世界に転生した。魔法使いを目指し過酷な修行を乗り越えて得た力は、敵を一撃で倒すほどの身体能力で!?

魔力を手に入れるために飲んだ薬の副作用で、アッシュは肉体も精神も3歳に!? 一方、魔法騎士団の前には《土の帝王》が出現し……。

魔力獲得のための手がかりとなる石碑を探しに遺跡へと旅に出たアッシュ。行く先には魔王が…!? 信じる者が最も強くなる第3弾!

念願の夢が叶い、魔力を獲得したアッシュ。大魔法使いになるための武者修行を開始するため、ノワールと共に師匠探しの旅に出る!